Lola
Non-désir quand tu nous tiens

Virginie Krahn

Lola
Non-désir quand tu nous tiens
Roman

© Lys Bleu Éditions – Virginie Krahn
ISBN : 979-10-377-7577-1

Le code de la propriété intellectuelle n'autorisant aux termes des paragraphes 2 et 3 de l'article L.122-5, d'une part, que les copies ou reproductions strictement réservées à l'usage privé du copiste et non destinées à une utilisation collective et, d'autre part, sous réserve du nom de l'auteur et de la source, que les analyses et les courtes citations justifiées par le caractère critique, polémique, pédagogique, scientifique ou d'information, toute représentation ou reproduction intégrale ou partielle, faite sans le consentement de l'auteur ou de ses ayants droit ou ayants cause, est illicite (article L.122-4). Cette représentation ou reproduction, par quelque procédé que ce soit, constituerait donc une contrefaçon sanctionnée par les articles L.335-2 et suivants du Code de la propriété intellectuelle.

Chapitre 1

Moi, Lola, trente-deux ans, bien dans mes baskets. On m'a toujours parlé de « désir ». Néanmoins, ce mot a un sens large et parle à tout le monde, enfin je crois. Pour moi, il est synonyme de quelque chose en particulier que je ne citerai pas pour le moment…

À travers ces lignes, je voudrais partager avec vous ce qui est important à mes yeux, ce jour, trente-deux ans, ce bel âge où tout se joue en termes de construction personnelle et professionnelle. C'est de là que tout prend son sens…

Née le 14 février 1987 (le jour de la Saint-Valentin !) à Paris 18e, plus précisément à l'hôpital Bichat – Claude-Bernard, c'est à Melun, dans le département 77, que j'ai grandi. Au départ, mes parents vivaient dans un petit studio du 18e, non loin de la Basilique du Sacré-Cœur de Montmartre. À cette époque, mon père venait tout juste d'être promu en tant que conseiller bancaire. Ma mère, quant à elle, travaillait depuis 3 ans et demi, comme psychomotricienne à l'hôpital Robert Debré, à Paris, dans le 19e. D'après leurs dires, on est resté dans ce petit appartement (rien à voir avec l'immense appartement dans lequel on a vécu juste après) jusqu'à mes 2 ans et demi. Je n'ai bien sûr pas de souvenir de cette douce époque où j'étais curieuse de tout, cherchant à attraper tout ce qui m'entourait, même les choses les plus dangereuses. Il va sans dire que cela rendait fous mes parents.

C'est en 1992 que nous nous sommes installés à Melun, dans un immense appartement de quatre pièces, dans lequel j'ai pu prendre conscience de ma propre vie, de tout ce qui m'entourait, sans oublier de la présence sans faille de papa et maman.

De leur côté, ils ne voyaient que par moi. J'étais leur princesse, leur diamant précieux. Bien évidemment, lorsque je leur disais haut et fort que je ne souhaitais ni frère ni sœur, ils en étaient ravis. Je ne réalisais pas encore que c'était un choix bien défini de leur part, dont je n'ai eu conscience que bien plus tard.

Cette année-là était celle de mon entrée en classe de maternelle. Un moment délicat pour tout enfant et tout parent. D'après maman, contrairement aux autres, j'étais ravie de me confronter du jour au lendemain à autrui. Pour elle, par contre, ce fut un déchirement. Un souvenir précis de ce jour-là lui revient fréquemment en tête. Elle me le raconte toujours comme si c'était hier et avec émotion : elle se voit encore en sanglots, littéralement effondrée. À cet instant-là, elle me serrait très fort dans ses bras, ne voulant plus me lâcher. Puis moi au même moment qui lui disais « Mais maman, pourquoi tu me serres comme ça ? J'arrive plus à respirer ! »

Elle m'a raconté, adolescente, que j'étais le petit boute-en-train de ma classe tout le long de mes trois années de maternelle, toujours prête à jouer et à être en position de leader. Je savais déjà ce que je voulais, ce que j'aimais aussi, c'était dessiner. Je rapportais souvent grand nombre de dessins à mes parents. Ils étaient surtout destinés à papa. Déjà à cet âge, je cherchais la fierté dans son regard. J'en ai toujours eu besoin.

Le soir de mon entrée en maternelle, apparemment, papa noya maman sous une tonne de questions « Ça a été ? Elle n'a pas pleuré ? Comment s'est passée sa journée ? Tu en as parlé à la maîtresse pour sa blessure au genou ? ». C'est étrange de l'imaginer aussi anxieux à l'époque. À ce jour et à mes yeux, c'est un homme fort. Loin de lui l'idée de se laisser envahir par l'angoisse. Il est combatif et ne se laisse jamais marcher sur les pieds. Il a aussi sa sensibilité, mais il la cache. Si quelque chose le touche, on ne percevra que brièvement ses yeux larmoyants, sa voix qui tremblote que peu, mais il ne montre jamais de signes de faiblesse et a du mal à dire « Je t'aime ». Par contre, il le montre à sa façon.

Bilal Bensoussan. Ce nom fait résonner en moi la notion de fraternité. Il était et est toujours mon éternel frère de cœur. On passait et passe encore notre temps ensemble, même si Philippine, depuis nos années lycée, est entrée dans nos vies de façon quelque peu intrusive pour lui et moi. Je vous expliquerai ça plus tard. Dans tous les cas, au début de notre rencontre en classe de CP, on ne pouvait pas « se saquer » (autrement dit dans le langage de rues des années 90/2000 « on ne se supportait pas »). On se regardait de travers, on se « balançait » mutuellement à la maîtresse pour des broutilles. Un jour, elle fut tellement agacée par notre comportement qu'elle nous mit au coin. Moi, près du tableau et lui, au fond de la classe. Tout bêtement, ça nous a rapprochés. Ce jour-là, on s'est tout de suite sentis complices, car évidemment, nous étions bien malicieux.

Le temps s'écoulant, on s'est de plus en plus rapproché l'un de l'autre, ne se quittant plus. Il venait dormir à la maison et moi, chez lui.

Je me souviens qu'au moment du ramadan, sa mère nous invitait à manger chez elle, en compagnie de la tante de Bilal, son père, son frère et sa sœur. Mes parents étaient aussi conviés à la fête. Je revois tous ces mets succulents, autant salés que sucrés, des pâtisseries comme je les aimais : la boule à l'amande, le baklawa à la pistache et, bien sûr, les cornes de gazelle. Je suis une grande amoureuse du tout sucré, mais il est vrai que lorsque j'ai mangé pour la première fois le couscous tunisien (il est bon de le préciser !), je suis montée au septième ciel. J'en avais « jeté » un mot à ma mère en rentrant, tout émoustillée et enthousiasmée par ce magnifique plat, en le comparant avec le sien que je trouvais définitivement… fade. Peut-être triste à en mourir ? Ça, il ne faut pas que je lui dise, j'aurais bien trop peur de la vexer à vie.

J'ai un autre souvenir avec mon meilleur ami, qui me revient en tête. Je me rappelle quand Bilal m'a annoncé que sa mère était enceinte de sa deuxième petite sœur. On était en classe de CE1. Je le jalousais littéralement. Tout à coup, mon inconsciente envie d'avoir une petite sœur remontait à la surface. Jusqu'à mes 5 ans, je me voyais bien enfant unique mais, quand je l'ai connu, j'ai pu voir ce qu'était la vie fraternelle avec ses disputes et son petit lot de joies. Je me voyais déjà en train de pouponner ce bébé que ma mère porterait pendant des mois, mais comment ce bébé pouvait-il atterrir dans son ventre ? Telle était la question que je me posais. Lorsque j'ai vu sa mère débarquer à la sortie de l'école avec son gros ventre, je fus sous le choc. C'est comme si j'avais occulté le fait de la savoir dans l'attente d'un enfant. Voir ce ventre énorme, difforme, où apparemment se logeait un bébé m'horrifiait et ne sachant pas comment ce bébé pouvait être à l'intérieur du corps de sa maman et surtout comment il en sortait, je fus dans l'obligation de noyer mes parents sous une tonne de questions. « Comment, Meriem, elle a fait pour que le bébé il soit dans son ventre ? Comment il va sortir ? Et comment il est entré dans son ventre ? »

Mes parents se sentirent dépassés. La sexualité, pour eux, était un sujet tabou. À 7, 13 ou 18 ans, rien ne changeait. Mes questions restaient sans réponse. Cependant, ma mère souhaitait à tout prix que je ne tombe pas enceinte trop jeune. Encore fallait-il m'expliquer comment on faisait les bébés ? Rassurez-vous, j'ai compris le mécanisme bien assez tôt dans ma vie. En gros, à presque 9 ans, j'étais déjà bien au courant « Merci Houssem ! », frère de mon cher ami Bilal qui avait 5 ans de plus que nous.

À l'arrivée de leur petite sœur Marwa, je fus éprise d'elle. Je me voyais m'en occuper, comme si c'était la mienne. J'allais tous les jours chez les Bensoussan, pour choyer cette petite poupée vivante que je pouvais habiller de belles petites robes colorées. Je lui donnais du lait, des gâteaux tout mous et je lui changeais la petite couche. C'est vrai, je ne le cache pas, j'ai eu ce fort désir d'avoir une autre réplique de mes parents. Une partie d'eux avec qui je partagerai tout. On rirait ensemble, pleurerait ensemble, enfin tout, mais encore une fois, c'est avec l'âge que j'ai compris le choix d'enfant unique de mes parents ; oui, un désir, leur désir.

Avec eux, j'ai eu la chance de pouvoir profiter de la vie, d'être dans un cocon impénétrable. Mon père, au fil des années, était devenu directeur d'agence bancaire du Crédit Agricole, lorsque j'avais 10 ans. Ma mère, quant à elle, s'était mise en libéral. Pour elle, ça a tout changé en bien, comme en mal. Des horaires à rallonge, un emploi du temps surbooké, de la fatigue, mais aussi de la passion. Elle avait une préférence pour les patient(e)s âgé(e)s. Elle qui a toujours été très attachée à sa grand-mère, elle ne pouvait que combler le vide de son absence en s'occupant des aïeux des autres. Grâce à leurs moyens financiers, j'ai pu profiter de voyages lointains, de loisirs, de nombreux restaurants ou encore de cinéma.

Je me souviens lorsque l'on est parti pour la première fois en vacances. C'était à la campagne. Ça m'a marquée. Les insectes qui me passionnent toujours autant et que j'ai pu regarder incessamment dans le film « Microcosmos : Le Peuple de l'herbe », sorti en 1996 (que j'avais vu avec l'école à l'époque. Vous, trentenaire, vous devez vous souvenir de ce fameux film documentaire, non ?), les animaux de la ferme dont le lapin que j'affectionne tout particulièrement, l'herbe verte et fraîche du fait de la rosée du matin, le vent frais, etc. Enfin la nature dans toute sa splendeur et ce n'était que le début de ma réelle découverte du monde.

Puis encore, l'été qui précédait mon entrée en classe de 6e, nous sommes partis en vacances pour la première fois en Italie. Ma mère, qui en avait toujours rêvé, avait sauté sur l'occasion quand elle vit papa lors d'un repas entre amis et leurs enfants écouter religieusement son ami Franck à propos de cette magnifique destination. Il en faisait tellement d'éloges que mon père était happé par tout ce qu'il pouvait en dire. Le soir même, mon père dit à ma mère :

— Tu sais, chérie, je pense qu'on devrait partir...

— Partir en Italie, tu veux dire ? s'enflammait maman. Bien sûr, Christian, que je veux y aller, c'est mon rêve de toujours ! *Elle lui lança un énorme sourire, puis continua* Oh Venise !

— Ah non, ça sera Rome, ma chérie.

La déception se dessinait sur son visage, mais elle sourit à nouveau, car l'idée même de poser ses deux petits pieds (elle chausse du 36 pour information. Moi j'ai pris les pieds de papa, 40/41, de grands panards !) sur le sol italien la ravit.

12 h 40. C'est l'heure où nous sommes arrivés à Rome cet été-là. C'était un jeudi. Mon père, n'ayant pris que 10 jours de vacances, voulait profiter de la ville au maximum, avant de pouvoir lézarder posément dans son fauteuil, devant la télévision avec un café à la main à son retour. Ces cinq jours de vacances n'allaient pas être de tout repos. Il avait acheté le routard et s'était lancé dans une longue liste avec grand nombre de lieux à visiter, y compris le Vatican. Évidemment, croyants comme ils étaient, on ne pouvait pas faire l'impasse dessus.

Nous avons fait Le Panthéon et sommes allés aux alentours. La Piazza Della Rotonda, grande place qui abrite Le Panthéon, était remplie de monde. On est allé boire quelque chose de frais pour s'hydrater, tant la chaleur était fracassante. Nous avons donc pu contempler ce grand et majestueux monument avec, non loin, une fontaine surmontée d'un obélisque égyptien.

Nous sommes passés par la Piazza di Spagna, incroyablement belle. Elle est reliée à l'église de la Trinité des Monts et est à proximité de la fameuse fontaine de Trevi. L'escalier qui la surplombe est très souvent envahi de monde. On s'y était posé quelques minutes pour y déguster une glace bien italienne.

Durant nos visites dans les musées, j'étais peu attentive. À 11 ans, on ne s'intéresse que peu à l'art, à l'architecture ou autres pièces rares. J'agaçais mes parents à parler haut et fort, alors que le silence devait régner. Je m'en amusais beaucoup.

J'ai aussi pu manger pas mal de spécialités, comme la fameuse pizza aux garnitures toutes aussi différentes les unes des autres. Différents mets étaient proposés dans de nombreux restaurants de la capitale : des lasagnes, des pâtes à la carbonara, des paninis, du fromage : des valeurs sûres pour la petite fille que j'étais. Puis oui, des glaces, des glaces et encore des glaces ! Oui, le tout sucré, j'y suis très attachée.

Lors de notre visite au Vatican, papa et maman furent béats à l'arrivée devant l'entrée de la Cité. Leur première envie était d'aller directement à la Basilique Saint-Pierre de Rome. Ils y prièrent durant de longues minutes. Pendant que je faisais semblant de prier, car ma mère me le demandait impérativement, j'observais l'endroit. Je fus impressionnée. Même s'il est vrai que dans ma perception des choses je suis à cheval entre l'agnosticisme et l'athéisme, je suis à ce jour toujours autant subjuguée par la beauté des basiliques, églises ou chapelles du monde. C'est en Europe que tout se passe et je ne me lasse pas de partir à l'aventure partout en France ou dans certaines capitales européennes pour flâner dans des lieux tout aussi beaux et troublants. Peut-être qu'à travers tous ces sacro-saints monuments mes parents seront toujours près de moi, et ce, même après leur mort ?

Au retour de notre voyage, nous sommes restés ensemble à la maison : papa devant de nombreux films policiers et maman toujours aux fourneaux ou à faire le ménage. Il faut dire qu'elle était assez maniaque.

— Agustina ! Arrête un peu avec le ménage, t'en as assez fait comme ça. Allez, viens à côté de moi, disait papa exaspéré.

— J'ai bientôt terminé, mi amor, mais je dois faire le gâteau pour notre petite, lui répondait-elle avec sa voix tintée d'un bel accent hispanique (ma mère étant d'origine argentine).

— Je ne suis pas petite ! leur disais-je souvent avec grande affirmation.

Mon caractère se dessinant très jeune et une certaine maturité s'établissant avec les années, je savais ce que je voulais et ce que je ne voulais pas. Aujourd'hui, je sais désormais qui je suis… et où je vais.

Mes parents se sont rencontrés lors d'un road trip de papa avec son frère et son ami Franck. C'était en Argentine à Puerto Iguazú, ville d'origine de ma douce et tendre maman. Elle travaillait dans un restaurant dont la cuisine était typiquement traditionnelle. Elle y était second de cuisine à tout juste dix-huit ans. Ce soir-là, papa revenait de sa longue visite des chutes de l'Iguazú et de sa réserve naturelle issue du parc national. Après cette escapade, c'est avec une fatigue appréciable qu'il commanda un des plats le plus typique du pays : la carbonada criolla. Il s'agit d'un ragoût à base de viande de bœuf. Il accompagna ce plat d'empañadas (une sorte de tourte garnie d'une farce de tomates au thon). Mon père m'en fait encore l'éloge. Il ne se lasse pas de ce plat, sachant qu'il est « viandard », tel qu'il aime le dire et que le bœuf, bah... c'est son dada !

Quand il finit de manger, il demanda à voir le chef cuisinier et c'est ma mère qui débarqua, car ce dernier était occupé. Il sentit ses jambes flageoler, son sang ne faire qu'un tour et rougit. Ne sachant plus dire un seul mot en espagnol, Franck vint à sa rescousse. Cette jeune fille aux longs cheveux bruns, aux yeux de couleur foncée, mais au regard de braise, à la peau mate lui faisant songer au soleil. Il fondit. C'est en la regardant dans les yeux qu'il lui dit en bafouillant :

« Es bueno las empañadas... » (C'est très bon les empañadas). Elle semblait s'interroger. Finalement, il ne voulait lui dire qu'une chose « es usted que lo deseo ». (C'est vous que je désire.)

Puis tout s'enchaîna. Un an après, à la suite de trois allers-retours Paris-Buenos Aires, de par l'envie irrésistible de mon papounet pour ma chère maman, elle vint habiter avec lui à Rouen. Ils s'y marièrent, s'installèrent quelques années plus tard à Paris et me voici aujourd'hui. Belle histoire, non ? Et... si je vous parlais d'Alexis ? Et même de Bernardo ? Le désir, le désir. J'en ai des choses à vous raconter, mais en attendant, petite introduction.

En classe de troisième, après avoir « donné » durant quatre belles années de ma vie en tant que collégienne discrète et studieuse, l'heure de savoir ce que l'on voulait faire de notre vie arriva : dans quel lycée allions-nous aller (général, professionnel ?) ?

Mon choix fut rapide. J'aimais les lettres, l'allemand et les arts. C'est alors que je fis ma rentrée au lycée public Léonard de Vinci de la ville de Melun. J'avais fait le choix d'intégrer les classes européennes. Mes parents, quant à eux, venaient de devenir propriétaires d'un pavillon avec jardin. Ça sentait bon pour moi, étant donné que j'avais toujours rêvé de faire le mur. À seize ans, on aime le risque.

C'est le jour de ma rentrée en classe de seconde que j'ai rencontré Philippine. Fille un peu collante, mais très sympathique. C'est lorsque je fis tomber mon fromage Kiri de mon plateau-repas en m'installant à table qu'elle vint à moi. « Bonjour. Moi, c'est Philippine. Tu le veux ton Kiri ? Perso, j'adore ! » Elle m'afficha un sourire niais, souligné d'un joli appareil dentaire. Non, je n'ai rien contre ce genre d'appareil. J'en porte même un actuellement, mais non visible. C'est juste que… ça donne un côté ringard. Surtout à cette époque. Enfin bref !

Philippine Lefebvre est née en 1987, tout comme moi. C'est une fille de taille moyenne aux cheveux longs, blonds et aux yeux magnifiquement verts. Elle est tout mon contraire, moi qui suis plutôt grande (un bon mètre soixante-seize), aux longs cheveux châtains et aux yeux marrons, tout comme maman. Ma peau mate couleur soleil, papa l'adore. Il voit en moi maman dans sa jeunesse.

Pinou, comme je la surnomme depuis toujours, a été responsable malgré elle de mon éloignement avec Bilal. Lui, étant parti dans une autre classe où il rencontra un certain Alexis (hummm !), il ne me parlait que brièvement lors des pauses du matin et de l'après-midi, ne la supportant pas beaucoup. Au déjeuner, on ne mangeait pas forcément ensemble. Par contre, on faisait dès que possible le chemin lycée-domicile le soir. J'avais tapé dans l'œil de son ami et moi aussi de mon côté, je fus tout émoustillée par ce jeune Don Juan qui s'ignorait et qui attirait les filles, comme du miel pour les abeilles.

Un beau jour, assise sur un des bancs de la cour lors d'une heure de libre et Philippine étant absente, Alexis et Bilal vinrent me rejoindre. On était en début d'après-midi. Le ciel couvert commençait légèrement à se dégager après de longues minutes de grisaille. « Salut

Lola », me dit-il timidement. Bilal le regardait en coin, constatant qu'il serait bientôt de trop. « Salut Alexis ! Tu vas bien ? » disais-je tout excitée. Je les invitai à s'asseoir près de moi. Sans aucun doute, le joli blond vint se coller à moi, me jetant un regard fougueux. Bilal, ne se sentant plus à sa place, prétexta devoir aller à la bibliothèque pour y faire des recherches. En même temps, ça n'était pas entièrement faux, il lui fallait glaner quelques informations pour enrichir ses belles connaissances en maths pour le sujet du lendemain.

 Alexis et moi étions dans notre bulle. Plus rien n'existait. Tremblements au niveau des mains, doigts s'effleurant, regards en disant long. À cet âge, les hormones nous jouent des tours. Je me dis à cet instant que peut-être papa avait ressenti tout ça en voyant sa belle brune. Puis, notre regard fixé l'un sur l'autre, nous rêvions sans doute de la même chose : être l'un dans l'autre. Une armada d'images m'apparut en tête (des ébats de folie, chez lui, chez moi, succulents, gourmands, pleins de satiété). Arrivés au bout ensemble, vivre communément la petite mort. Cependant, une certaine Sarah vint briser ce moment magique. « Salut Alexis. Ça te dit qu'on aille à la cafète boire un coca ? J'espère que ça ne vous dérange pas, hein LO-LA ? »

 Je fus folle de rage. Cette rouquine se prenant pour une princesse venait de mettre un terme à un profond plaisir qui aurait pu déboucher en fin de journée sur d'intenses délices, mais ayant confiance en mon blondinet, ce n'était que partie remise !

 Le lundi d'après, Philippine revint d'une grosse semaine où elle subit une forte toux et une fièvre écrasante. Bilal, la voyant arriver, fit la tête. On pouvait lire sur son visage « Encore elle ! ». Comme je vous l'ai dit au début, elle fut intrusive dans notre relation. C'est du jour au lendemain qu'elle m'accapara et que Bilal fut mis en retrait, sans que je ne le veuille. Elle était envahissante, un peu… Glue. Justement, c'est comme ça que mon ami la surnommait. Elle n'était pas méchante et ne s'en rendait pas compte. Son côté naïf et gauche le rendait fou. Il était littéralement jaloux de la relation qu'elle entretenait avec moi. Attention ! Philippine n'était pas le genre de fille cliché avec l'appareil dentaire (bon, ça, c'était vrai), les grosses lunettes et fringuées style années 90. C'était une super belle fille qui pouvait faire craquer bon nombre de garçons, mais au vu de son caractère quelque peu… (Je n'ai pas de mot en fait.) Au vu de son brin de folie, de son côté un peu perché, enfin tout ce que vous voudrez, bah elle n'attirait pas grand monde et était le jeu de moqueries. Ça me blessait, c'était une fille bien. Je voulais juste former ce cercle d'amis, ce trio inséparable que nous sommes devenus plus tard.

Le dessin. Une vraie passion. J'ai découvert cette activité assez jeune. À l'âge de trois ans, je n'occupais mes journées qu'à ça. Je noyais ma mère sous mes œuvres faites de multiples couleurs aux crayons gras. Des fleurs, des maisons, des lapins, des personnages, etc. Enfin de tout quoi ! Elle les accrochait sur un mur du couloir de l'appartement spécialement dédié à mon travail de jeune artiste en herbe. J'en étais ravie et fière.

Au fil des années, je passais de plus en plus de temps à travailler sur la reproduction de photos faites dans un univers dit réel. Par exemple, je dessinais des insectes, des paysages, des animaux, puis au fil du temps des scènes de mangas, de bandes dessinées, des croquis de mannequin ou même des autoportraits. Je me donnais à fond dans cette activité. J'avais une idée en tête, un métier bien précis, mais je le voyais tel une passion et non pas un vrai gagne-pain. Je le désirais profondément, ce métier, je ne voyais qu'à travers ça. Je comprenais le ressenti des chanteurs ou acteurs en devenir qui rêvent d'être à la tête de l'affiche. Simplement, mon père m'aurait toujours dit non, ce qu'il faisait depuis déjà bien longtemps. « Ce n'est pas un métier pour toi, ma fille. Tu es loin d'être marginale. Je te veux professeure ou journaliste, mais sûrement pas dans ce milieu-là. Tu comprends ? » et ma mère qui rajoutait « Ton père a raison, Lola, il te faut construire un vrai avenir pour pouvoir construire plus tard une vraie famille. »

Bon. Je vous le dis le nom de ce fameux métier ? Je pense que vous avez déjà pu le deviner. Mon rêve était de devenir tatoueuse. À mon époque, durant mes années lycée, le piercing commençait à avoir un certain succès. On ne comptait plus les jeunes qui allaient se faire faire un piercing à la lèvre ou à l'arcade. Le tatouage étant dans la même mouvance, je me disais que j'étais née sûrement à la bonne époque pour pouvoir dans quelques prochaines années créer mon propre salon. J'avais eu du pif. Pour moi, il était clair que toute cette mode n'allait aller qu'en grandissant. Aujourd'hui, nous sommes arrivés à une époque où tout le monde se tatoue, et ce, à n'importe quel âge. Je vous parlerai de mon parcours qui m'a permis d'arriver jusque-là, mais pour le moment, on repasse à mon sujet favori : les garçons, enfin… Alexis ! (hummmm !)

Alors que j'avais été invitée à manger frites et hamburger maison chez Alexis (ouais, j'avais réussi à déjouer les plans de la machiavélique Sarah pour enfin pouvoir accaparer mon cher petit blondinet d'amour), nous avions donc eu l'opportunité d'avoir la maison pour nous seuls, sa mère étant partie travailler en fin de matinée. Nous avions dégusté nos pommes de terre coupées en longueur et saupoudrées de sel fin, accompagnées d'un pain moelleux garni à la viande de bœuf (viande préférée de mon papa. En Argentine, c'est la chair animale numéro 1 du pays), au fromage coulant et d'une fraîche salade tomate/laitue qui fut un mets dit de toute beauté ! Après cela, pour ma part en tout cas, il fut l'heure de vérité. Même avec un ventre lourd affirmant satiété, mon chakra du sexe semblait bien déséquilibré et criait famine. Il était donc de mon devoir d'inviter monsieur à s'adonner à des plaisirs charnels. Cependant, alors que se fit une approche et qu'il me donna le feu vert, sa gentille petite sœur Aline, de six ans sa cadette, s'invita à la maison. À cet instant, notre forte envie et appétit sexuel retomba. Nous partîmes en direction de la chambre et nous allongeâmes sur le lit. Baisers, caresses, puis il me touche là où c'est tabou. Il stimula ma belle fleur, je pris doux plaisir, je montais en puissance quand soudain « TOC, TOC… »

— Hey, Alexou, j'ai faim. Tu peux me faire à manger ? Tu fais quoi au fait avec la fille ? Je peux rentrer ?

— NOOOON !

Mon cher et tendre fut dans une colère noire et moi aussi. La petite mort venait de m'échapper et la seconde ne put montrer le bout de son nez. C'est alors qu'il partit cuisiner un petit quelque chose à son adorable sœurette.

— Alexou, je veux manger devant la télé ! *Elle s'installa devant le canapé.* Alexou, tu viens à côté de moi.

Il était fou de rage.

— J'étais occupé, tu m'as dérangé. Mange toute seule, t'es assez grande !

La petite fille n'avait pas dit son dernier mot. Elle menaça son frère de « tout dire à maman » s'il ne restait pas à ses côtés.

— Je sais très bien ce que vous faisiez, nous dit-elle avec un regard sombre et maléfique.

Alexis, ne voulant pas que sa mère soit au courant de sa vie intime, m'invita à venir m'asseoir auprès de lui. Je le désirais comme pas possible. Je le dis franchement, j'étais humide. Non, je n'ai aucune honte à le dire. La femme a droit à son plaisir, à ses fantasmes les plus puissants. Mademoiselle décida, non sans notre accord, de s'asseoir entre nous deux pour créer une belle distance. C'est alors que rapidement, je me levai et partis chez moi, presque sans lui dire au revoir. Il fut déçu, mais que voulez-vous ? Quand on veut du gâteau, qu'on a à peine croqué dedans et qu'on nous l'enlève… Ah, ça oui, y'a de quoi être frustrée ! Malgré tout, je me dis une seconde fois « Ce n'est que partie remise. ».

Chapitre 2

— Salut, Lola. Désolé pour la dernière fois, Aline a tout gâché.

Nous étions dans la cafétéria du lycée. Je buvais un coca zéro pour me donner bonne conscience concernant mes apports caloriques et mon poids (pourvu que je sois sexy pour cet été !). Monsieur Alexis trouvait toutes les excuses du monde pour me rassurer et souhaitait que je ne fasse pas trop la gueule et pas trop longtemps.

— Ne t'inquiète pas. Ce n'est rien, lui dis-je, bouillonnante de colère. Elle est petite, c'est tout.

— Voilà, c'est ça, Lola.

— Mouais, pfffff… pensais-je.

Je le regardais quand même avec émotion et forte affection. Des papillons dans mon ventre tournoyaient. Ils étaient nombreux et de toutes les couleurs (rouges pour la passion, verts pour l'espoir, blancs pour sa pureté). À travers cet amour qui me transcendait, je vivais. La jeunesse nous semble éternelle, mais quand on voit les années défiler, on vit parfois avec envie le passé, ce dont on se souvient, ces bribes d'images, d'odeurs, de touchers. J'observais de plus son visage marqué par la fatigue, mais aussi par le regret, la tristesse. Son expression était si puissante que je sortis mon artillerie (feuille blanche, crayons et gomme). Je me mis à le dessiner, à construire son portrait seconde après seconde.

— Ne bouge pas !

Il s'arrêta net et me fixa, surpris.

— Pourquoi ?

— Ne bouge pas. Tu verras.

Je pris le temps de travailler chaque détail, de me nourrir de ses traits, de sa force et de sa gentillesse. Il était l'incarnation même de mon amour idéal à l'époque. Je me noyais en lui.

— Alors, LO-LA, on se prend pour une artiste ? C'est votre genre chez les Vignaud-Gòmez de faire du gribouillage ?

Sarah m'arracha la feuille des mains et me critiqua en long et en large, crachant son venin de vipère.

— Bah, t'es plutôt bonne en dessin à ce que je vois. Tiens, je te le rends.

Elle me le rendit en miettes, me regardant droit dans les yeux et m'offrant un grossier sourire carnassier. Alors que je me levai pour lui en coller une bonne, Alexis me stoppa dans mon élan et celle-ci lui demanda de partir avec elle.

— Je te contacte ce week-end, Lola, promis, dit-il en partant, dépité. Pourquoi cette garce avait autant d'emprise sur lui ? Pourquoi se laissait-il faire ?

— Salut. Ça va ?

Alexis venait de me rejoindre à l'entrée du parc des Buttes-Chaumont (parc au nord-est de Paris et grand de 25 hectares). Après avoir vagabondé dans le quartier de Châtelet-les-Halles dans le 3e arrondissement de Paris de bon matin, je mangeai sur le pouce et filai dans le 19e vers 14 h 30, afin de voir mon amour de blondinet.

Ça y est, je l'ai retrouvé ! Nous nous sommes mis à la recherche d'un endroit inspirant, afin que je fasse le portrait d'Alexis au crayon et au fusain. Nous étions passés devant l'une des cascades du parc, avions observé de multiples oiseaux et apprécié le lac artificiel. Puis, une vaste et belle pelouse vallonnée me tapa dans l'œil. C'est à l'ombre d'un arbre que nous nous sommes installés. Le beau « gosse » qui s'ignorait se mit à son aise : débardeur blanc, bermuda, casquette à l'envers (qui ne sert à rien au final, soit dit en passant, mais qui lui donnait un charme fou ! Lol). Il se sentait à sa place. Après discussion sur tout et rien, je lui proposai de jouer au mannequin, afin de trouver la position qui le mettrait en valeur pour le dessiner. Une fois prêt, je m'attardais sur lui, sur ce corps de rêve... Je ne souhaitais et ne désirais qu'une chose, mais encore fallait-il qu'il le veuille... À noter que nous étions dans un parc public et qui dit public, dit beaucoup beaucoup de gens qui passent ! Je calmais assurément mes ardeurs et commençais à me plonger dans mon esprit de créativité.

Les yeux, le nez, la bouche... Oui, cette bouche qui me troublait, celle qui se poserait sur mes lèvres, tant celles de mon visage que de ma fleur intime. Sa langue chaude et brûlante, ses mains coquines et caressantes. Je brûlais de désir... Mais non ! Il fallait rester concentrée. Ah non, je ne pouvais pas. Ah non, non, non et non ! Je lâchais subitement feuille et crayon et me jetais sur son corps d'athlète. Baisers fougueux, suçons, regards de feu, nous étions amoureux. Je m'allongeais à ses côtés et eus une idée quelque peu... Hummmm. Je glissai ma main dans son jean, mais ce dernier eut un moment de recul.

— Hey, qu'est-ce que tu fais, Lola ? T'es folle ou quoi ? Je fus interloquée.

— Comment ça ? Qu'est-ce qu'il se passe ? On est tous les deux, seuls au monde. On s'en fout des gens, on profite. Je n'allais pas te mettre à poil, j'allais juste te toucher discrètement.

Il rougit. Complètement perturbé, il m'annonça de but en blanc qu'il ne voulait plus coucher avec moi, qu'on ferait mieux de ne plus sortir ensemble. Je vis mon monde s'écrouler. Que lui arrivait-il ? Avais-je été trop brutale (bon, j'avoue un petit peu) ? Quelle était la vraie raison de sa soudaine réaction ? C'est là que le prénom de Sarah me vint en tête.

— C'est cette pouffiasse de rouquine qui te met en pression comme ça ? C'est une vraie connasse ! Tu le sais ça. Pourquoi tu te laisses faire, putain !

C'est sans dire un mot qu'il prit ses affaires et partit à toutes jambes. Je me retrouvais seule, face à moi-même et à cette nouvelle frustration qui me rongeait. J'étais prête à me donner, à offrir ce corps qui est le mien, ce corps qui rêvait d'être aimé, désiré, mangé, mais… Ce jour-là n'était pas encore venu.

Lundi matin. C'est avec appréhension que je me rendis au lycée, au mois de mai. Le conseil de classe était sur le point de se faire. Cela me stressait, d'autant que je souhaitais à tout prix intégrer la filière littéraire pour éventuellement devenir professeur d'allemand ou faire des études supérieures dans le dessin ou les arts plastiques. Ce domaine n'était pas à but professionnel pour mes parents. À leurs yeux, je devais « épouser » la filière scientifique et non la filière littéraire. Cette dernière menant au métier de professeur (pour qui ils avaient tout de même un certain respect) ou journaliste (métier qui en jetait grave à leurs yeux, mais bon… il y avait mieux !), ils préféraient me voir devenir ingénieure en je-ne-sais-quoi (ce qui les rendrait un peu trop fiers. Ils pourraient dire « Ma fille est un cerveau, vous avez vu ? »). Pour moi, cela était définitivement inintéressant ! Pour eux, les sciences étaient tout simplement synonymes d'excellence !

Plutôt bonne dans toutes les matières, j'avais peur que les professeurs principaux me préconisent d'aller vers les sciences, plutôt que les lettres. Il faut dire que le professeur de physique-chimie m'adorait, mais que moi, sa matière, je la bossais pour la bosser et c'est tout ! Tout compte fait, c'est plutôt stressée que je rejoignis Bilal dans la cour. Philippine arriva juste quelques secondes après moi, commençant à parler tel un moulin à vent, jusqu'à nous foutre une sévère migraine de bon matin (Super ! Grrrrr !). Alexis, qui d'habitude était avec nous, semblait absent. Je me posais énormément de questions quant au malheureux samedi que l'on avait passé ensemble. Mes envies avaient été subitement tues. Il ne m'avait pas recontactée depuis ce jour-là. Le week-end était passé et je ne savais pas à quoi m'en tenir. Je posais des questions à mon meilleur ami. Quelles étaient les réelles intentions d'Alexis ? De vivre d'amour-amitié sous couvert de flirt puissant, sans aller au bout ou de me faire marcher dessus et de me larguer comme une vieille chaussette du jour au lendemain ?

Cependant, au loin, je vis la sorcière Sarah s'approcher de moi, mais accompagnée : il se trouvait à ses côtés, ce qui me fit vraiment tomber des nues. Que faisait-il encore avec elle ? Comment pouvait-elle avoir autant d'emprise sur lui ? Il était entre autres son pantin et de ça, il n'en était pas peu fier. Cela sautait aux yeux.

« Coucou ! Ça va, vous trois ? Je vous présente mon nouveau petit copain. Il est beau hein ? »

Bilal semblait coléreux et hypertendu. J'avais l'impression qu'il avait quelque chose à redire, mais qu'il ne le faisait pas. Philippine, quant à elle, fût estomaquée au vu de ce qu'elle voyait et de ce qu'elle venait d'entendre.

« Allez… Dis-lui, mon coco. Je pense qu'elle devrait l'entendre et surtout le comprendre. Il s'agit de nous, CHÉ-RI. » Elle pinça légèrement son menton et afficha son beau sourire carnassier (son sourire de pute entre autres). Alexis se lança sans avoir le mince courage de me regarder dans les yeux.

— On s'aime depuis toujours Sarah et moi. Je suis sorti avec toi pour m'amuser, c'est tout, dit-il, la voix tremblotante.

— T'es vraiment qu'une salope, Sarah ! Tu le manipules ! Allez, Alexis, ne te laisse pas faire par elle. Dis-lui ce que tu veux vraiment ! Allez, dis-lui.

— Je préfère en rester là, Lola, désolé…

— Quoi ? J'hallucine là. Répète un peu, s'te plaît ?

— Je préfère en rester là, Lola, me dit-il d'une voix presque absente.

— Espèce de gros con, t'en as pas dans le pantalon !

Il baissait la tête, tandis que mon ennemie se mit à rire aux éclats en ajoutant :

— Je ne dirais pas mieux.

Je regardai Bilal qui se sentait mal à l'aise. Il repartit sans un mot en classe, alors même qu'Alexis partait le rejoindre, honteux. Depuis ce jour-là et durant des années, je ne sus ce qu'il s'était passé, pourquoi ce revers de chemise vis-à-vis de notre histoire. Chacun reprit son chemin respectif et je ne le sus que plusieurs années plus tard. Je vous le dirai, mais pas maintenant et il est fort à parier que vous allez tomber des nues… Pauvre Alexis, va.

Entre nous trois, c'est une amitié forte. Depuis la classe de seconde, on ne se lâche plus. Nous passons la majorité de notre temps libre ensemble. Bon, adultes, nous avons nos vies respectives : Bilal, son boulot et sa chérie, puis Philippine sa nouvelle vie de « femme », comme elle aime tant le dire. Sa nouvelle vie de femme ? Nos avis diamétralement opposés ne nous ont pas pour autant éloignés.

Après avoir eu notre baccalauréat, nous sommes partis ensemble en vacances pour la première fois. Vivre un moment aussi fort, loin de nos parents, nous permettait d'endosser notre nouveau statut de jeunes adultes, loin des chamailleries d'enfants, loin des punitions, loin des yeux de nos parents. C'était génial. Ayant obtenu le permis en conduite accompagnée en classe de première, je fêtais enfin le fait de conduire seule, comme une grande. Notre séjour se passait en Espagne à Malaga, lieu où j'ai eu le plaisir de pouvoir découvrir le musée de Picasso dont l'ouverture a été effective en 2003. Il occupe le Palais de Buenavista qui est un édifice historique à l'architecture andalouse (architecture la plus belle d'Espagne pour ma part). J'ai donc pu y découvrir un grand nombre de ses œuvres. Ensuite, nous avons mangé local. J'ai goûté au gaspacho de la région de Malaga : le « Salmorejo ». C'est une soupe au pain trempé dans l'eau, dans l'huile et dans du vinaigre auquel on ajoute des tomates et de l'ail. Cette soupe exquise était richement garnie de jambon de Serrano et d'œufs coupés en dés. Rien à redire, c'était top ! Bilal et Philippine ont pris, quant à eux, une assiette de « Gambas Al Pil-Pil ». C'est une marinade à base de piment rouge et d'huile d'olive, dans laquelle on trempe des gambas avec du pain. C'est un vrai délice. Je le sais, car j'en ai piqué dans leurs assiettes ! Hey ouais ! Nous avons aussi été à la plage non loin du centre-ville sur la Costa del Sol : magnifique ! J'en ai pris plein les yeux. La plage de Pedregalejo : sa couleur magnifique m'a plus que jamais éblouie et le soleil aussi. Je suis revenue du séjour avec pour cadeau la peau qui pèle (pas de crème solaire, ce n'est pas bien !), mais ce n'est pas grave, c'était le prix à payer pour prendre mon pied ! (Pour une fois, pfff…)

La veille de notre départ, nous étions tous les trois en bord de plage à profiter du magnifique ciel espagnol au soleil étincelant. Nous avons tout à coup (après discussion sur de multiples sujets) abordé le sujet de l'avenir. Notre devenir en tant qu'homme ou femme accompli(e).

— Moi, je veux devenir prof de maths au lycée. Je veux que les gamins puissent obtenir leur bac haut la main, sans difficulté. Puis… J'suis fana de chiffres et de tout ce qui fout la migraine à la plupart de la population ! disait Bilal, fier de lui.

— Moi, je me vois bien passer ma vie à écrire…

Je demandais à Philippine si elle projetait de devenir écrivain.

— Ouais, j'écrirai des bouquins, mais pas de la fiction. J'adore coacher les gens sur tout et n'importe quoi, donc écrire des livres sur le développement personnel me plairait bien ! Pourquoi pas devenir coach de vie à côté de ça ? Ou chroniqueuse pour des magazines sur le thème du bien-être. Ouais, je me vois comme ça.

Elle abordait aussi son envie de devenir maman, d'avoir deux enfants.

— Une fille et un garçon peut-être ? C'est ça ton délire, non ? Elle se sentit froissée et me répondit qu'elle se rêvait maman, comme toutes les femmes du monde, ce qui était « normal ».

— Moi, je veux quatre mouflets, ma parole. Une équipe de foot, s'il le faut, avec une belle Tunisienne bien du bled, mais très moderne. Je veux être là pour mes enfants, à toutes les étapes de leur vie.

Je me disais qu'il avait raison, qu'il fallait être présent pour ses enfants, comme mes parents l'ont été pour moi, mais…

— Perso, je ne ressens pas le besoin ultime d'être mère. Je me vois bien me consacrer à un travail-passion, avoir mon chéri et faire le tour du monde à deux, de façon sempiternelle. J'adore l'idée ! Me reproduire n'est pas une nécessité pour moi.

Mes amis furent sous le choc. Loin d'eux était l'idée que je ne veuille peut-être pas d'enfant. Ils en furent bouche bée.

— Tout le monde a des enfants un jour, c'est le cycle de la vie ! me lançait Philippine.

Ma réponse fut immédiate :

— Le cycle de la vie ? Déjà que mon cycle tout court qui fait débarquer mes anglaises me les casse tous les mois… Je sais comment on fait les gamins, mais pour ma part, cet exercice pratique sera signe de septième ciel et non pas de fabrication de petits monstres à mettre au monde. On est déjà assez nombreux sur terre, hein faut le dire, donc ce n'est pas un drame si je n'en mets pas un de plus sur cette foutue planète qui part en couille !

Je jetai un tel froid que mes amis ne surent quoi dire. Un malaise s'installa. Cinq minutes après, c'est dans un silence monacal que nous rentrâmes à l'hôtel y faire nos valises pour un retour à destination de Paris le lendemain matin.

Rentrée d'octobre. Voilà que ce matin-là, je me préparai pour ma première année universitaire à la Sorbonne. Rêve d'une vie : être étudiante. Ceci faisait résonner en moi une sensation de liberté et de jouissance. Il faut dire que je les ai désirées ces sacrées études supérieures. Quand on te dit « Tu fais quoi dans la vie ? » et que tu balances « J'suis à la fac », ah oui, ça en jette ! Pour moi, cette année était le début d'un long cursus, une licence d'allemand, ma langue préférée. Je sais, je sais, cette MAGNIFIQUE langue étrangère n'en fait rêver que peu, mais sa sonorité, sa force, sa puissance dans les mots me fait l'aimer. À ce jour, je pratique toujours beaucoup cette langue et ai l'occasion de me déplacer lors de nombreux évènements en Allemagne, disons artistiques comme à Francfort-sur-le-Main. J'y reviendrai à ce sujet particulièrement important dans ma vie actuelle, mais revenons à nos moutons… Donc, ce jour-là fut l'un des plus importants pour moi. J'endossais ce fameux statut d'étudiante qui en disait long sur mon parcours, un baccalauréat option classe européenne avec mention « très bien ». Eh oui, ça ne rigole pas ! Mes parents furent extrêmement fiers de moi, avec des moyennes jamais en dessous de 15 sur 20 qui me permettaient d'espérer atteindre l'agrégation pour enseigner en lycée ou à l'université. Je me voyais même, pourquoi pas, travailler au sein d'infrastructures européennes pour la jeunesse. J'étais pleine d'idées, pleine d'espoir, pleine d'ambitions, à mes yeux réalisables.

Pendant ce temps, mon ami Bilal avait intégré une licence de mathématiques à Paris Descartes et Philippine, une licence de lettres modernes dans la même fac que moi. Nous nous voyions le week-end, histoire d'entretenir cette belle amitié qui nous habitait tous les trois.

Mon petit Tunisien avait tout planifié : licence, puis master, couplés à un beau concours, celui de l'Agrégation pour devenir professeur de migraines chroniques au lycée. Sachant qu'il avait connu la vie dans un collège difficile, dit ZEP, il se voyait pleinement partager son savoir avec des jeunes, comme lui, considérés « en difficulté ». Il rêvait de donner la chance à chacun d'avancer, de poursuivre leurs rêves ou de vivre leurs futurs rêves.

Pendant que j'étudiais, j'ai commencé par chercher un peu comme tout le monde un petit job, histoire de me faire de l'argent.

J'ai pu obtenir un poste d'hôtesse d'accueil événementielle dans différents salons à Paris. Je bossais pour une boîte intérimaire ouverte depuis peu qui m'envoyait en missions, principalement le week-end. Je recevais donc des visiteurs dont la langue maternelle était le français, l'allemand ou l'anglais pour la plupart. Je m'éclatais littéralement. J'ai bien aimé cette expérience. Justement, lors d'une journée où je travaillais à Porte de Versailles pour un salon européen sur l'épanouissement personnel et du bien-être, je rencontrai Bernardo, jeune Franco-Portugais. Quand je le vis, je ressentis comme une forte envie... de lui foutre une claque en pleine gueule. À peine lui avais-je adressé la parole que je voulus qu'il se barre très très loin de moi, malheureusement ce fût l'inverse, il me tint la jambe. Il me raconta qu'il voulait enseigner le yoga, à côté de son aspiration à devenir philosophe. Il me dit fièrement aussi qu'il pratiquait la méditation et que cela avait changé sa vie, que je devrais m'y mettre

(Génial ! Grrrrr !). Bref, pour moi, il était l'homme perché parfait à qui je ne devais surtout pas donner mon numéro ! Je lui donnais donc un FAUX et il partit. Ouf ! Néanmoins, c'était le début d'une relation à la fois lourde, mais vraiment, vraiment romantique à souhait. Tu lui as donné un faux numéro, vous me direz ? Bah, il s'avère qu'il étudiait à la Sorbonne Mamma Mia ! J'ai dû le subir et ensuite, je l'ai aimé après une longue période où je l'ai bien fait galérer et mijoter. La suite ?

Je suis littéralement tombée amoureuse de ce Don Juan qui s'ignorait (encore un !). Bon, il faut dire qu'il était un peu spécial, toujours ailleurs, la tête dans les nuages. On passait beaucoup de temps ensemble à réviser nos cours respectifs, à manger sur le pouce à l'heure du déjeuner ou à s'embrasser langoureusement sur un des bancs de la faculté. J'en oubliais même mes amis qui me rappelèrent à l'ordre aussi souvent qu'il le fallait. Bilal aussi avait rencontré une chérie. Elle s'appelait Sana, était tunisienne et avait le même âge que nous. Elle était déjà étudiante en vue de devenir sage-femme. Comme il nous le disait, à Philippine et moi, c'était une acharnée de travail. Elle ne vivait que pour ses études, au point de faire parfois l'impasse sur sa relation avec lui. Cependant, il n'en souffrait pas, car son envie de réussir était tout aussi forte qu'elle. Ils étaient sur la même longueur d'onde. Elle avait grandi dans le 19e arrondissement de Paris – pour vous situer – près de Porte des Lilas.

Philippine, quant à elle, était sans doudou. Elle ne pensait qu'à une chose : étudier, sortir et s'éclater. La jeune fille un peu coincée et « niaise » était devenue une belle fleur bien désirable et souhaitait en profiter. Ses études en lettres modernes la passionnaient d'autant plus. Elle était véritablement heureuse.

Revenons à mon beau Franco-Portugais ! À chacune de nos sorties, il m'offrait de nombreuses fleurs, m'invitait dans des restos à la fois doux et caliente. Il faut savoir qu'il avait son petit secret : la danse. Oui, muy caliente ! Il dansait comme un dieu. À ces moments-là, je ne le reconnaissais plus. Il n'était plus l'étudiant en philosophie, féru de Descartes ou de Platon. Non, c'était un homme sexy que je ne souhaitais que dévorer. Malheureusement, il n'était pas axé sexe. Pour ma part et je le vois comme ça, les grands intellectuels adorent avoir le nez dans les bouquins et non pas entre les jolies cuisses d'une charmante demoiselle. J'ai dû batailler de longues semaines après le début de notre relation pour obtenir satisfaction.

Lors d'une douce soirée, nous sommes allées dans un petit restaurant italien spécialisé dans la lasagne. Je me remplis que peu l'estomac, histoire d'être légère et de ne pas rendre s'il y avait acte. Bien sûr, il fallait qu'il y ait ce soir-là « acte sexuel » car je ne pensais qu'à ça. C'était mon but ultime, mon succulent dessert.

Il avait réservé quelques jours auparavant un bel hôtel quatre étoiles à Paris 15e. Avec son job de prof particulier de philo pour les ados des bobos parisiens, il avait pu nous offrir ce fabuleux cadeau, ce qui ne manqua pas de me toucher (et de m'émoustiller). À ma grande surprise, une des personnes faisant partie du personnel nous accompagna à notre chambre qui était donc très spacieuse. Je rentrai et vis une pièce pleine de couleurs, croisées de blanc du fait du linge de lit, les murs et plafond. La tête de lit était surplombée d'une fresque assez colorée au côté printanier. De nombreux pétales de roses sur le sol menaient jusqu'à mon lieu de prédilection qu'est le couchage, qui en était tout aussi habillé. Un panier posé sur le bureau au fond de la chambre contenait des chocolats, fruits frais et champagne. Cette nuit-là fut exquise et torride : mains sur monts et collines, fruits phalliques en bouche, tendres baisers et coups de langue sur mes lèvres intimes, humides, trempées. Haleter en symbiose, puis arrivée de la petite mort tant attendue depuis mon histoire avec Alexis au lycée. Histoire d'amour pleine de maturité et d'émotions, je ne regrettai et ne regrette en aucun cas de m'être donnée à cet homme ce jour-là, qui méritait mon corps en tout et pour tout.

Finalement, au bout de trois belles années, il partit vivre au Portugal, poussé par l'envie de vivre au plus près de ses racines. Suite à sa formation de prof de yoga après deux ans de licence de philo, il décrocha un poste dans une école spécialisée relative aux arts du bien-être, tels que le qi qong, le tai chi chuan ou la méditation qu'il aimait tant pratiquer. Je ne pus le suivre. Notre histoire s'arrêta là, un mois de juin, en 2007. J'en fus malheureusement très affectée. J'eus du mal à m'en remettre comme toute histoire d'amour pour chacun d'entre nous, un jour…

Durant nos années fac, mes deux amis chéris et moi-même avions pour habitude d'aller boire un verre le vendredi soir et le samedi soir, histoire de se mettre dans l'ambiance du week-end et d'apprécier ces moments d'amitié qui nous étaient chers jusqu'alors. Les vendredis, c'était café sur café pour moi et les samedis mojitos ! Je n'abusais pas, mais bon, j'étais quand même un peu pompette. Bilal, ne buvant pas d'alcool, prenait des tonnes de sirops à la menthe bien glacés, son côté oriental étant plus fort que lui et Philippine était fana de Malibu coco (elle l'est toujours !). Il est vrai qu'on se devait de lui mettre un stop pour que je ne la ramasse pas à la petite cuillère à la fin de la soirée. Oui, on profitait de nos samedis aussi pour aller danser. Bilal, à ce moment-là, nous abandonnait toutes deux et rentrait sagement dormir dans les bras de Morphée. Quant à Bernardo, lors de nos trois ans de relation, il venait parfois nous rejoindre, car il préférait passer ses week-ends à bouquiner à outrance. Il m'invitait parfois à manger, puis à passer une soirée à lire jusqu'à pas d'heure, heureux de partager avec sa chérie son goût corsé pour les lettres et l'art de penser. Lors de nos soirées en boîte de nuit, Philippine et moi étions en transe. Nous avions besoin de relâcher toute la pression emmagasinée durant la semaine. Le travail personnel à l'université étant important, les vendredis et samedis soir étaient faits pour se changer les idées, mais aussi pour de temps à autre avoir la gueule de bois. Ça n'est pas agréable, mais je trouvais ça jouissif, lol.

— Eh ! J'adore ce son ! C'est qui ? me criait Philippine dans un brouhaha puissant.

— Je ne sais pas et je m'en fous, je danse et c'est tout !

Ces soirs-là, tout me passait au-dessus de la tête. Le maître mot était « s'amuser », point barre. Pour moi, rien ne valait mieux que ça.

C'était la seule alternative à mes tracas d'étudiante en langues. J'en avais besoin, tant la tension des études et de mes chers parents me pesait sur les épaules. Être enfant unique implique d'être le seul objet d'amour de ses parents et donc la grande et lourde charge de ne pas les décevoir. Attention ! Je travaillais avant tout pour moi, pour mon avenir, mais je souhaitais que mes parents soient fiers de moi dans tous les cas.

Durant ces trois années de licence, mes amis furent mon pilier : s'appuyer les uns sur les autres pour se motiver, se battre pour avancer, vivre ces années avec bonheur, avoir des milliers de souvenirs à partager au-delà de l'obtention de nos diplômes respectifs. Rien n'était plus important que tout ça. Je n'avais peut-être pas de frère et sœur, mais je pouvais compter sur eux. On choisit ses amis et non sa famille, donc je voyais en ça l'avantage certain d'être enfant unique.

Un beau jour, alors que c'étaient les vacances de Noël, Philippine vint sonner à ma porte (j'habitais toujours chez mes parents à Melun lors de mes études supérieures). Je fus étonnée à la vue de son premier tatouage sur l'avant-bras droit. Je fus subjuguée.

« Attends, attends. Viens ! On va dans le salon, je veux regarder ça de plus près. Ça a l'air d'enfer ! » Je m'installai sur le canapé du salon et observais avec précision le travail effectué par la tatoueuse. Il s'agissait d'une rose sublime, aux épines bien marquées et aux couleurs somptueuses. L'ombrage qui entourait la précieuse pièce faisait ressortir la fleur, donnant l'impression qu'on pouvait la toucher du bout des doigts. « C'est trop beau ! Truc de dingue. T'as payé combien pour ça ? C'est dans quel salon que t'as été en fait ? » Elle m'expliqua qu'il s'agissait d'une tatoueuse qui avait déjà travaillé sur Paris dans un salon réputé et qu'elle avait ouvert depuis peu. Je pensais qu'elle avait été sûrement formée par un talentueux tatoueur, car elle excellait dans son art. Les détails étaient parfaits, les couleurs bien assorties et très vives sur la peau diaphane de Philippine. J'eus comme un flashback, celui de l'époque où, au collège, je dessinais toutes sortes de choses (autoportraits, plantes, fleurs, insectes, manga, etc.). Je dessinais tout ce que je pouvais et sans cesse. À chaque heure de libre que je passais à la bibliothèque de la fac, je me prenais à dessiner plutôt qu'à réviser, mais j'étais bonne élève et je n'avais pas tant besoin de relire mes cours, ni de me soucier des notes que je pouvais obtenir lors de mes partiels.

« Je crois que tu m'as donné un déclic là. J'vais arrêter mes études d'Allemand et j'vais reprendre le dessin. Plus de master, je veux devenir tatoueuse. Voilà, c'est ça mon métier, en fait. Tu comprends ? J'suis faite pour ça. Je préfère avoir des remords, que des regrets. Je ne veux pas passer à côté de ma vie. Le dessin, c'est ma passion et, quoi qu'en disent mes parents, je veux en faire mon métier. »

Philippine me regardait, interloquée. Elle eut du mal à digérer l'information. Pour elle, j'étais folle. J'allais droit dans le mur. Le métier de tatoueuse étant un métier aux revenus aléatoires, je prenais le risque de me casser la gueule familièrement parlant.

J'eus quelques frissons au vu de ses dires, mais je repris avec fermeté et ambition

— Je deviendrai une tatoueuse professionnelle et j'en vivrai ! Là, je n'ai qu'une envie, c'est de faire ce métier. Il est fait pour moi, c'est ce pour quoi je suis née et c'est loin d'être une blague, ma cocotte.

— OK, OK, mais en prenant cette décision, tu vas devoir assumer jusqu'au bout ma « cocotte », et ce, même si tu te ramasses. Et tes parents, ils vont réagir comment, dis-moi ? Comment tu vas te former à ce métier ? Les écoles de tatoueurs en herbe, ça n'existe pas a priori !

Je lui expliquais qu'il existait des écoles spécialisées dans le dessin qui pourrait me permettre d'atteindre mon objectif.

— Les beaux-arts, par exemple !

Tu vises haut, là. T'as pas peur ? Ce n'est pas si simple de rentrer dans ce genre d'école, tu le sais ça ?

Cette année-là, au début de l'été, après avoir obtenu ma troisième et dernière année de licence d'Allemand, je me mis à dessiner de façon acharnée. Je ne pensais plus qu'à ça, je vivais et respirais dessin.

— Ma puce, tu ne révises pas pour ta rentrée en première année de master ? Je pense qu'il le faudrait quand même. Il ne faut pas que tu arrives en cours avec des lacunes. Ce n'est pas parce que tu es bonne élève qu'il ne faut rien réviser. Allez, arrête-moi le dessin de suite !

Je regardai ma mère, droit dans les yeux. Se tenant debout devant moi, dans mon immense chambre à la déco riche de mes souvenirs d'ado, je lâchais de but en blanc :

— Maman, je souhaite me consacrer au dessin, faire les beaux-arts pour enfin devenir tatoueuse professionnelle.

— Mais ce n'est pas possible ! Non, non, ne laisse pas tomber tes études, ma chérie, non, non, tout, mais pas ça !

Elle s'écroula en pleurs. Rien ne pouvait laisser présager que j'allais tout arrêter en si bon chemin. C'est alors que je la redressai et la pris dans mes bras, en la serrant de toutes mes forces contre moi. Je la rassurais en lui disant que j'allais arriver à mes fins et que ne pas poursuivre mes études à l'université n'était pas une fin en soi. Cela la rassura que peu. Par contre, je craignais la réaction de mon père qui était intransigeant sur tout ce qui se rapportait à la construction de mon avenir professionnel. J'étais leur seul enfant et je me devais de ne surtout pas les décevoir. Cela dit, il fallait qu'ils sachent que je vivais ma vie pour moi et non pas pour eux, que si je devais faire des erreurs, j'allais les assumer jusqu'au bout.

Le soir arrivant, je dus faire face à mon père, le très strict homme de ma vie. Mon père était tout pour moi, et ce, jusqu'à ce jour. J'étais ce que l'on appelle communément « la fille à son papa ». Petite, je passais tout mon temps avec lui, à aller au marché acheter de bons fruits frais et du fromage de brebis, à lire des BD ensemble, dont Astérix et Cléopâtre (mon préféré), à aller au cinéma voir tous les Disney's qui sortaient en salle. Ma vie, c'était mon père et encore mon père. Je ne voyais que par lui et seulement lui. Je ne mettais pas ma mère de côté, mais pour discuter de sujets, disons féminins, je me tournais automatiquement vers elle et heureusement, car mon père n'avait en aucun cas à connaître ma vie intime ou amoureuse… Ce qui est normal, me direz-vous !

Il était vingt heures. On mangeait posément et il fallut que je lui fasse face.

— Je ne vais pas continuer mes études de langues… Mon père leva la tête et me regarda fixement.

— J'ai mal entendu là, non ? Hein, Agustina, tu as entendu quelque chose de particulier ? Moi, rien.

Il continua de manger, quand ma mère lui fit part de mon envie de faire du dessin, mon avenir professionnel. Il fut dans une rage folle. Il recracha violemment le reste de nourriture qu'il avait dans la bouche, se leva en furie de la table et hurla que sa fille était devenue complètement dingue, voulant détruire ses parents. J'eus mal. Une blessure profonde s'empara de moi. Je pensais mon père capable d'accepter mes choix, aussi différents soient-ils de sa vision de voir les choses. Non, je m'étais trompée. Pour lui, sa fille adorée se devait d'exercer un métier lambda et gratifiant, un métier qui en jette pour faire saliver les autres. Le qu'en-dira-t-on était ce qui lui importait le plus. Professeur d'allemand au lycée ou à la faculté était bien un projet ambitieux, mais celui que je souhaitais entreprendre était tout aussi intéressant et enrichissant.

Chapitre 3

Fin juillet, je vis Philippine, à qui j'avais demandé de me rejoindre dans un café du centre-ville de Melun. Je m'étais installée sur la terrasse ce jour-là. Le soleil brillait de mille feux, la température était juste exquise et le léger vent frôlant ma peau des plus agréables. Elle arriva dix minutes après et s'assit à mes côtés, le regard tourné vers la rue. Après avoir commandé un thé à la verveine, elle m'expliqua entre deux gorgées qu'elle comprenait ma décision de vouloir faire ce qui me tenait le plus à cœur.

— Ce n'est pas comme si tu ne te formais pas. Les beaux-arts, c'est réputé et tu ne peux que sortir armée de cette école pour pouvoir te lancer dans un projet pareil, mais forme-toi auprès d'un bon tatoueur après ça. Il faut que tu gagnes en expérience. Je suis avec toi, sache-le. Je te soutiens et te soutiendrai toujours. C'est vrai que j'étais été surprise quand tu m'as balancé tout ça à la figure, mais à présent, j'ai compris. T'en as parlé à Bilal, au fait ?

Oui, il fallait que j'en parle à mon ami Bilal. Je savais qu'il serait du genre à me taper sur les doigts à faire un choix pareil, aussi exotique si l'on pouvait dire ça ainsi.

— Allez, appelle-le…

Je pris mon téléphone portable et l'appela d'emblée. Cœur battant, j'avais peur de décevoir aussi mon ami qui était du genre à réagir comme mon père sur tout ce qui avait attrait aux études ou au monde du travail. Je n'étais pas ami avec lui pour rien. Il avait une influence sur moi, et ce, parce que je le voulais bien. Je ne suis pas pour autant le genre de personnes à dire amen à tout, sans broncher.

— Salut, ça va, Bibi ?

Je sentis mes membres trembler, ma langue fourcher en parlant, mon cœur battre. Oui, j'avais peur, même tout aussi peur que le jour où j'en avais parlé à mon père.

— Mais vas-y, fonce ! Fais ce qu'il te plaît, Lola. N'écoute personne et agis. Si tu penses que cette passion peut te permettre d'être heureuse au niveau pro, bah lâche pas le morceau.

Je fus soulagée. Mon cœur descellera doucement et les perles de sueur coulant de mon front et sur ma nuque cessèrent. Je compris à cet instant que je pourrais à jamais compter sur mes amis qui sont, à ce jour, ma propre famille à mes yeux. Non, je n'avais plus peur. Quoi que mon père en dise ou en pense, j'allais réaliser mon rêve, cette envie arrivée subitement dans ma vie, envie qui serait le pilier de ma vie.

L'été s'était écoulé, les mois étaient passés et je dessinais toujours autant. Je m'étais déjà projetée vers le concours d'entrée en école des Beaux-Arts et enclenchais la vitesse supérieure pour obtenir le meilleur niveau que je pouvais atteindre pour intégrer cette école à tout prix. Elle était très convoitée, mais avait peu d'élus au bout du compte. Ma mère avait accepté tant bien que mal la situation, mais voyait dans mon regard des étoiles qui en disaient long, lorsque je parlais de mes projets futurs. Mon père quant à lui ne souhaitait pas aborder le sujet. Il faisait mine de croire que je poursuivais en master et que j'allais devenir professeur en faculté. Il ne voulait rien voir ni entendre. Au final, j'appris de la bouche de ma mère qu'il attendait de pied ferme que je réussisse mon concours pour approuver mon choix. Ceci me mit la pression, mais d'un autre côté, cela me rassurait. Je savais au fond de moi que mon père serait fier de moi, donc il ne fallait pas que je me loupe.

Quelques semaines avant de passer mon concours, je m'étais rendue à une convention nationale de tatouages à Paris (à la Villette exactement dans le 19e), afin de voir tout le travail que fournissaient les tatoueurs en France et dans le monde. J'y étais accompagnée de Fifi (Philippine… Quoi ? Hihi ! Surnom de m▫▫▫ ! Parce que Bibi et

Fifi, j'avoue que c'est ringard – oups !). J'étais dans mon monde, mon univers et j'étais aussi venue pour faire mon premier tatouage (évidemment, si j'suis tatoueuse et que je n'ai pas de tattoo, c'est un peu bizarre.). J'en trouvais une, originaire de Toulouse, qui travaillait sur un stand au fond à droite du hall, non loin d'un autre stand spécialisé dans les faux tatouages. Je lui demandais de me dessiner une pièce de 10 cm de longueur maximum qui ferait écho à la magie Disney. Je pensais à la Fée Clochette. J'expliquais à la tatoueuse que je souhaitais lui donner un côté pin-up. Un côté sexy, mais non vulgaire. Je fis cette belle pièce en haut de mon bras gauche. Ce tattoo me rappellerait tout le long de ma vie les fois où, avec papa, nous avions regardé chaque nouveau Disney qui sortait au cinéma.

À la fin de la séance, j'aperçus des gouttelettes de sang perlées sur ma pièce et ressentis un peu mon bras endolori à ce même endroit. J'avais pris mon mal en patience, mais le résultat était là. Il est vrai que la sensation d'être griffée par un chat durant deux heures est parfois un peu dure à supporter, mais j'avais le mental pour. Nombreux sont ceux qui pleurent et ne tiennent pas la cadence.

Ma fée Clochette était parfaite. Sa petite robe rouge vif et moulante, ses petits talons noirs, ses tatouages et sa bouille coquine en faisaient un beau personnage. Après ce long interlude, je fis le tour des stands, observant encore le travail fourni par chacun des professionnels présents ce jour-là, puis je repartis pleine d'espoir, animée de la rage de vaincre.

Vous vous souvenez d'Alexis ? Ce gentil bonhomme qui finalement n'avait pas de co***les ! Bah, il s'avère que la raison pour laquelle il n'avait pas voulu coucher avec moi à l'époque m'est parvenue aux oreilles. Vous savez qui a balancé ? Mon cher Bibi et ce, presque une quinzaine d'années après. C'est autour d'une jolie tasse de thé à la menthe aux feuilles bien fraîches et fortement infusées qu'il me déballa tout. Nous étions chez ses parents, comme lorsque nous étions jeunots (thé accompagné de pâtisseries bien tunisiennes miam !).

— En fait, il paraissait d'après Sarah qu'il avait…

— Qu'il avait quoi ? Allez, balance ! De toute façon, on le voit plus depuis belle lurette. Il me semble même qu'il ait déménagé en plus ! Allez !

Il m'expliqua que ce dernier refusa de coucher avec moi pour la simple raison que son sexe serait « apparemment » de courte taille. Il avait été surpris à être menacé par Sarah la sorcière, dans les couloirs du lycée s'il couchait avec moi. Elle allait dévoiler à tous qu'il en avait une (apparemment donc !) riquiqui. Bon, Bibi entendit toute la conversation et Alexis le vit, tandis que Sarah partait. Il demanda à Bilal de lui promettre de n'en dire un mot à personne, ce que mon ami fit. Ceci me fit pouffer de rire, tant je trouvais la chose absurde. J'étais presque sûre qu'il s'agissait de quelque chose de bien plus grave que ça comme le fait qu'il souffre d'une maladie quelconque sexuellement transmissible ou qu'il ait peur de « faire la chose » – peur du débutant. En même temps, la raison pour laquelle il m'avait repoussée était étroitement liée à la peur du débutant justement. En tout cas, c'était mon ressenti à l'époque. Bilal me regarda, interloqué et se mit à rire à son tour. Il comprit que ce cher Alexis s'était laissé broyer les valseuses par la méchante rouquine pour une peur irraisonnée. Je dis irraisonnée, car quiconque n'avait vu son fameux concombre aux frais abricots. C'était peut-être purement psychologique, comme tout jeune homme arrivé à l'adolescence. Se sentant menacé, il n'avait pas osé faire face à la sorcière Sarah et avait eu peur de « se faire afficher » devant tout le lycée. En même temps, personne n'aurait pu vérifier si son joli concombre faisait 7 ou 20 cm !

Non, je n'allais pas le rejeter. J'étais amoureuse et au-delà de tout, je ne voyais que par lui. Étant entière en amour comme en amitié, je n'aurais pas noté ce « détail » s'il s'était avéré. Nous passâmes à d'autres sujets. Comme quoi, il faut en avoir dans la vie et Sarah, je pense, a bien dû les bouffer celles de ce con d'Alexis. Il paraîtrait qu'elle était un tantinet nympho. Je lui aurais bien souhaité un bon appétit ce jour-là, sachant qu'Alexis à l'instant où elle l'aurait approché pour les lui dévorer, aurait sûrement grincé des dents !

Nirvana, Nine Inch Nails, The Smashing Pumpkins, The Cure, Marilyn Manson, Indochine, Rammstein, etc. Des groupes qui ont marqué l'histoire de la musique, mais aussi marqué ma vie. Je me souviens que lorsque Miss Fifi s'est lancée dans les tatouages ; elle se mit à découvrir par le biais d'un sex-friend (eh ouais faut le croire, mais elle avait enfin découvert la baise) toute la musique rock/métal que j'aime et adore jusqu'à ce jour. Oui, cette époque m'a transformée. Je suis passée de la jeune fille BCBG à la mortelle rockeuse portant New Rock et tee-shirt de groupes en tout genre. Mon côté rebelle s'est révélé. Mes parents ne me reconnaissaient plus. Je n'ai pas été méchante ni désagréable, mais bon d'accord, sacrément chiante. Enfin, je n'avais que vingt ans et la rébellion, aussi légère soit-elle, me faisait du bien bizarrement. Je me sentais exister ! Je ne vivais plus à travers le regard de mes parents, mais pour moi. Le travail entrepris aussi pour devenir tatoueuse professionnelle avait été déjà un grand début. C'est là que je me détachai beaucoup de mes parents et que je m'accrochai véritablement à mes rêves. C'est quelque temps après que je passai mon concours aux beaux-arts.

Après avoir réussi les concours d'admissibilité et d'admission, je pus enfin crier haut et fort que j'allais devenir étudiante de cette belle école que sont les Beaux-Arts. Travailler avec des artistes de renoms en atelier, me découvrir du talent, vivre le dessin à travers de multiples émotions, rien n'avait pu laisser présager que j'allais vivre une telle expérience humaine et professionnelle.

— Aaaah ! Ma fille ! Je suis fière de toi.

— Ah bon, maman, t'es si fière de moi ? Quand je pense que tu as pleuré lorsque j'ai pris la décision de laisser tomber ma licence d'Allemand. Tu es rassurée maintenant ?

— Oui. Je le suis. Je veux juste un bon avenir pour toi, que tu travailles et gagnes ta vie, que tu rencontres quelqu'un et que tu fondes ta famille.

Je la regardai attristée. Je voyais encore et toujours à quel point elle m'aimait, à quel point elle ne voulait que mon bien, que je sois définitivement heureuse. Seulement, ce dont je ne lui parlais pas, c'était de mon désir de non-maternité qui grandissait en moi. Ce sujet était sensible et je ne l'avais encore jamais abordé avec ma mère ou mon père. Bilal et Philippine savaient à quoi s'en tenir. Lors de notre voyage en Espagne, je leur en avais parlé, mais cela avait jeté un froid des plus glacials. Je savais depuis toute jeune, aux alentours de mes douze ou treize ans que je rêvais de liberté, d'une vie un peu bohème. La pression de devoir être responsable d'une vie, d'un être dépendant entièrement de moi me terrifiait. Vouer ma vie à quelqu'un d'autre qu'à un homme que j'aurais choisi et qui aspire aux mêmes choses que moi, ne pas vouer ma vie à ma passion, m'oublier à travers un enfant, non, ce n'était pas pour moi. J'avais soif de vivre et ma vie, je la voyais ainsi, sans l'obligation d'enfanter.

Ma mère : pour elle, la vie d'une femme se résume à se marier et à enfanter. Même si celle-ci ne travaille pas, rien de grave à ça. Elle a vécu dans le schéma classique de la femme au foyer qui attend gentiment que son homme rentre du travail, tandis qu'elle se tape les mômes et toutes les tâches ménagères. Bon, l'avantage avec ma mère, c'est qu'elle était plutôt ambitieuse. Travailler faisait partie de ses plans étant plus jeune, ne surtout pas dépendre d'un homme, mais le côté femme au foyer ne l'aurait pas dérangée pour autant.

— Oh Lola, ma fille… me disait-elle souvent en soutenant mon visage encore un peu enfantin, je ne veux qu'une seule et unique chose, que tu trouves le « bon » pour te marier et fonder une famille. Oui, c'est de ça que je rêve pour toi, d'avoir des petits enfants aussi. Oui, j'en rêve…

Tandis que Philippine s'amusait avec son ou ses sex-friend(s), de mon côté, j'avais l'esprit axé sur mes études. Non, elle ne faisait pas que prendre son pied, mais il est vrai qu'elle se consacrait beaucoup moins à son Master I. Plutôt préoccupée par son derrière ou son devant, comme vous voulez, Bilal se refusait à croire qu'elle était devenue une femme un peu trop libre, lui étant du genre à vouloir se marier et à avoir une ribambelle d'enfants. Apparemment, lui et Sana avaient convenu de trois enfants, voire quatre, s'ils s'en sortent déjà avec trois. Déjà trois ? Comme vous le savez, moi c'était plutôt zéro, la tête à Toto ! (Oh ! Liberté chérie quand tu nous tiens !) Il ne comprenait pas comment Fifi avait pu « finir ainsi ». En même temps, chacun fait ce qu'il veut de son cul ! Ce qui me préoccupait, c'était plutôt le fait qu'elle prenne le risque d'abandonner ses études au profit d'un petit con qui vivait des aides sociales et qui en avait que faire de son avenir. Si tant est qu'il en ait un. C'est au bout de quelque temps qu'elle nous vint la queue entre les jambes, nous annonçant qu'elle était tombée amoureuse de son sex-friend et que celui-ci n'ayant pas supporté la nouvelle l'avait… larguée. Bon, ce n'était pas une si mauvaise chose, car au final, peu après, elle a réalisé qu'elle fonçait droit dans le mur et qu'elle allait foutre sa vie en l'air. Elle se reprit en main et eut une révélation : elle avait décidé d'écrire un livre sur le développement personnel en parallèle de ses études « Comment bien vivre le moment présent, tout en construisant un plan d'avenir », ceci étant le thème qu'elle souhaitait aborder. Tout ce dont elle rêvait, elle comptait le vivre, atteindre ses objectifs, vivre chaque moment avec délectation. Belle philosophie ! Tout le monde devrait en faire de même !

Mes amis, mes amours, mes emmerdes. Depuis la fin de mon histoire avec Bernardo qui a disparu de ma vie du jour au lendemain en décollant pour Lisbonne, je me suis amourachée d'autres jeunes hommes. De beaux flirts, de belles histoires courtes, mais dingues. Je me souviens d'un Léo. Blond (encore), aux yeux bleus et grand comme une baguette. Il était doux, affectueux, mais un peu trop geek à mon goût. Bon, c'était une amourette, pas de quoi s'alarmer. Je me voyais mal créer une relation durable avec un mec pareil. Un peu gras au niveau du bidon, mais bien moelleux ! Agréable pour y poser sa tête après un câlin. Puis, il y a eu Kévin. Un bel Asiatique, bien bâti (bah non, un asiatique n'est pas automatiquement un fil de fer en 2D) qui avait un charme fou. On s'est tourné autour assez longtemps avant de sortir ensemble. On s'est laissé désirer. C'était si bon, limite affolant. Faire traîner les choses, ça a du bon parfois. On a couché ensemble trois fois, puis on s'est vite oublié. Ça m'arrangeait, car j'avais d'autres chats à fouetter ! Au final, j'ai eu un plan cul des plus majestueux. Aaaah ! Vous m'auriez enviée, les filles ou… les garçons. C'était un dénommé Aymerick. Il était poilu jusqu'à l'os et transpirait comme un bœuf. Je ne sais pas où je suis allée le dégoter celui-là, mais ce soir-là, je sortais de boîte et j'avais un peu bu… Pas fière, la fille ! Lol !

Pendant toute cette période, j'ai pris mes précautions, tant au niveau des IST ou autres, que de mon cauchemar permanent qui était de tomber enceinte. Préservatifs bien costauds, pilule, je ne laissais rien au hasard. Il m'est même arrivé de prendre la pilule du lendemain lors d'un rapport où le préservatif avait craqué et que j'avais zappé mon petit comprimé hormonal. C'était avec Kevin. Oui, on aurait pu faire un ou une belle multi-métis au regard de braise, mais non ! C'est la direction vers la pharmacie que je pris. Aussitôt comprimé en main, aussitôt avalé. La pharmacienne m'ayant rassurée, j'ai tout de même attendu l'arrivée des anglaises. Je n'ai jamais été aussi heureuse de les avoir. Oh My God ! J'ai frôlé la mort.

Durant mes trois premières années aux Beaux-Arts, j'ai appris un tas de choses. J'ai pu exceller dans les autoportraits, domaine que je voulais profondément maîtriser pour m'y spécialiser. J'ai perfectionné mon anglais à côté de ça, ainsi que mon allemand. J'ai aussi commencé à envisager à partir en échange à l'étranger durant mon second cycle de deux ans d'études. Je songeais à l'Allemagne ou à l'Australie. Je choisis l'Allemagne, le pays de mon cœur, cette langue dont je suis amoureuse. Je rencontrais plein de jeunes entre vingt et trente ans qui rêvaient de faire de l'art, leur travail-passion. Beaucoup d'échanges linguistiques et/ou artistiques se sont faits. J'ai appris de nouveau de nombreuses choses et suis rentrée les yeux pleins d'étoiles. C'est à mon entrée en dernière année que je remarquai Arnaud…

Durant vos études, si vous avez tendance à être très assidue et studieuse, voire perfectionniste, vous n'avez donc rien à faire de ce qu'il peut y avoir autour de vous. Vous êtes dans votre truc, votre délire et c'est tout ! Malgré tout, un beau jour, alors que je fumais une cigarette avant de rentrer en cours (Oulala ! Faut pas que mes parents le sachent, ils vont me tuer ! Je fume depuis mes dix-sept ans, mais je l'ai bien caché à papa et maman. C'est mon petit vice chéri, hihi), je vis un bel apollon. Un beau brun aux yeux vert émeraude (j'adore les yeux clairs, je l'avoue), grand, légèrement musclé, mais pas trop et au teint merveilleusement parfait. Il s'avança vers moi, sourire en coin. Je lui renvoyais la pareille. C'est avec délicatesse qu'il me demanda mon prénom. Il avait un charme de fou. Ce côté sexy, un peu macho, sans trop en abuser, était sublime. À cet instant, je ne voyais que par lui ; je sus que c'était lui, l'homme de ma vie.

Il était aussi étudiant dans cette école. Il avait pour projet de devenir webdesigner. Beau métier qui lui allait très bien. Il avait la tête à faire ce genre de métier, la bonne tête du mec qui reste des heures sur son ordinateur, mais qui a la classe. Pas le geek de service, non mais oh !

Nous nous sommes découvert de nombreux points communs au fil du temps. L'amour de la moto (je rêvais d'en obtenir le permis et de me payer une belle cylindrée), l'amour de la musique rock et métal, l'amour des voyages et du dessin bien sûr. Nous avons commencé à nous voir assez vite. Nous étions bras dessus bras dessous dès le tout début de notre relation. Nous étions un couple très fusionnel. J'avais trouvé la perle rare. Il était d'une grande gentillesse et d'une grande générosité, très rêveur aussi, un tantinet impulsif, mais je savais le canaliser. Nous nous complétions beaucoup. Il me remplissait de joie. Je me voyais plus tard vivre avec lui dans un pays étranger, tel que le Canada ou l'Allemagne. Pourquoi pas, me disais-je, dans un bel et grand appartement avec un super chien type labrador ou golden retriever et beaucoup, beaucoup, beaucoup… d'enfants ! Non, c'est une blague, ne vous inquiétez pas. Des enfants ? Naaaaan. Un chat en plus d'un cabot ? Pourquoi pas !

« Ah ma fille ! Ma Lola, mon bébé ! » Nous venions d'arriver chez mes parents. Mon père, plus en retrait, nous accueillit avec plus de pudeur. Arnaud, intimidé, n'osait pas dire un mot. Maman nous installa dans le salon sur son moelleux canapé de cuir marron et nous proposa très rapidement quelque chose à boire. Mon père restait silencieux. Il déshabillait discrètement Arnaud du regard, voulant déceler ce qui clochait chez lui d'un premier coup d'œil.

« Voilà. Deux jus de pomme pour vous deux et un coca pour mon mari chéri. Pour moi, c'est jus d'orange. À la vôtre ! » Arnaud était tellement nerveux qu'il but son verre de jus de fruits d'un trait. Il tremblait, il était tendu. Je lui caressai la main, histoire de le rassurer. J'étais aussi à cran. Mon père d'habitude chaleureux avec les personnes qu'il ne connaît pas le regardait d'un air suspicieux.

« Alors, parlez-moi de vous, Arnaud. Vous êtes étudiant comme ma fille, c'est bien ça ? Quel métier souhaitez-vous exercer ? » C'est avec appréhension qu'il se conta à mon père. Plus les minutes passaient et plus il se détendait, tout comme moi. Ma mère, obnubilée par le fait que je lui présente pour la première fois quelqu'un (ce qui rendait la chose officielle), ne se rendit pas compte de l'ambiance qui régnait, un peu avant que les tensions ne s'apaisent. Elle le regardait, tout émoustillée, avec grand intérêt et prête à lui poser un tas de questions.

Tandis que mes deux hommes se parlaient finalement avec aisance, je me levai pour aller me faire un café. Ma mère m'emboîta le pas. C'est à voix basse qu'elle me dit avec un large sourire qu'elle le trouvait extrêmement beau et agréable. Cela me ravit forcément. Je lui fis part de nos nombreux points en communs, de nos projets à court terme, tel qu'un week-end dans un gîte faisant spa et hammam. Je lui annonçais avec joie le fait d'avoir trouvé la perle rare et de partager un amour profond et sincère, tel qu'elle le vécut avec papa.

— Agustina ! Apporte-nous de quoi grignoter, s'il te plaît. J'ai envie de me mettre quelque chose sous la dent en attendant le dîner.

— Apéro oblige ! termina Arnaud.

C'est alors que nous nous rendions dans le salon, apéritif en main, que maman dit une chose qui fit retourner mes tripes et me serra la gorge.

— Si tu demandes la main de ma fille, j'espère avoir une petite-fille ou un petit-fils très rapidement ! Après, terminez sereinement vos études, puis je me ferai un plaisir d'organiser votre mariage ! Tu veux te marier, ma chérie, j'espère ?

Je lui répondis que oui, ce qui était véridique, mais lorsqu'elle me relança au sujet des enfants, je restai évasive en expliquant que nous avions plein de jeunes années devant nous pour y penser. Avec Arnaud, nous n'avions pas encore abordé le sujet et je l'appréhendais. J'échappais à la déception de ma mère, à la colère de mon père. Seulement, un jour ou l'autre, la vérité éclaterait. Ce jour-là, larmes et blessures profondes seraient.

Le soir venu, après le départ de mon cher et tendre, je pris la direction de ma chambre prétextant que j'étais épuisée. Porte fermée, je m'écroulais en larmes. Je me trouvais immonde. Être cette femme qui ne veut pas d'enfant, qui blesserait l'homme de sa vie en attente sans doute de fonder une famille. Être cette fille qui déçoit ses parents à l'annonce de son non-désir de maternité. Je faisais un choix exotique, un choix peu courant pour la plupart des gens, un choix qui défie les codes de la société. Un homme et une femme, une grande fille, un petit garçon et un chien dans une belle et grande maison, voilà ce que voulait monsieur et madame tout le monde. Pourquoi s'acharner à vivre selon ces codes à la con ? Pourquoi étudier pour faire un métier qui nous plaît peu, gagner sa vie durement pour nourrir sa famille, payer ses factures et son crédit immobilier pour au final crever dans l'ignorance absolue ? Je ne voulais pas de cette vie tout écrite. Je voulais vivre la liberté, ma liberté. Être amoureuse, me marier certes, mais voyager, découvrir le monde, d'autres cultures, d'autres langues. Travailler en vivant de ma passion. Sortir et découvrir aussi mon beau pays qu'est la France, riche de cultures régionales diverses. J'avais des choses à vivre. Je ne voulais pas être responsable d'un enfant, ne pas avoir une vie qui dépend de la mienne. Je voulais simplement vivre ma vie à ma manière, vivre ma propre vision du bonheur, vivre en étant une femme pleinement épanouie. Est-ce si compliqué à comprendre ?

Le lendemain matin, après avoir passé une nuit agitée, je reçus un SMS de mon homme. Ce SMS, il aurait pu éviter de l'envoyer. Il aurait pu m'envoyer un simple « je t'aime » ou « tu me manques ». Ce qu'il m'envoya me terrorisa : « *Coucou ma belle ? Bien dormi ? Je repense encore à ta mère hier soir qui veut à tout prix un petit-enfant. Je m'imagine bien avec une fille, tu sais. Et toi ? Allez, je te laisse te réveiller en douceur. Je t'aime ! Arnaud ton amour pour toujours.* » Je grinçai des dents. Un tourbillon de colère se levait en moi. Ma mère avait abordé le sujet qu'il ne fallait pas. J'eus la forte et puissante envie de descendre dans le salon où j'entendais mes parents parler de bon matin et leur hurler au visage ces envies intimes que je ne partage avec personne depuis des années. Ce qui me paraissait simple et naturel à vivre devint subitement infernal à subir. « Non, je ne veux pas d'enfant ! Non, je ne veux pas d'enfants ! Non, non, non et non ! » J'éclatai en sanglots encore une fois. L'angoisse s'emparait de moi, la peur. Mes idées se mélangeaient, mon corps souffrait de stress. Je faisais les cent pas en robe de nuit dans ma chambre. Moi qui envisageais de m'installer avec Arnaud, je ne pouvais plus me projeter. Vivre sous le même toit, se marier sans en avoir dit un mot de tout ça à l'être aimé ? C'est donc mentir par omission ? Créer un ménage en s'installant ensemble est aussi symbole à long terme de bébés, enfants, nains, monstres, petit(e)s emmerdeur (se) s ; tout ce que vous voudrez ! Je préférai ce matin-là faire fi de toutes mes pensées et continuer à vivre comme si de rien n'était. Je ne voulais pas souffrir. Je ne faisais que repousser l'échéance, sans savoir qu'en allant rejoindre mes parents pour le petit-déjeuner au petit matin, ma mère allait me dire « Aaaah ma fille ! Tu as trouvé un homme bon. Tu verras, tu deviendras une vraie femme quand tu deviendras mère à ton tour. J'ai hâte de ce jour, mon bébé. » et elle me serra fort contre elle en s'empressant d'abord de m'embrasser sur le front. Mon père sourit et la journée continuait.

Chapitre 4

« J'devrais, j'devrais pas. Dois-je changer d'avis ? » Voilà la question qui me tourmentait. Chaque jour où je me levais, chaque jour où je regardais mes parents ou Arnaud dans les yeux, mon cœur saignait. Je me laissais convaincre que je devais à tout prix changer d'avis, que j'étais anormale, que quelque chose en lien avec mon enfance avait tout fait déconner chez moi : mes émotions, mon affect, mon équilibre psychologique. Je me sentais coupable. Était-ce de ma faute ? Devais-je consulter ? Je me pris même à jeter un coup d'œil aux pages jaunes pour dégoter le numéro d'un psychologue quelconque qui pourrait m'aider. J'étais bizarre et je devais absolument rentrer dans le moule. Si j'avais pu me faire lobotomiser pour me rêver en mère heureuse et parfaite, je l'aurais fait. J'aurais tout fait pour rendre mes proches heureux, leur donner ce qu'ils attendent tant, offrir cette famille à mon futur mari, me donner un semblant de joie à la vue de mon premier enfant. Mes sentiments, mes émotions étaient détraqués. Je changeais d'avis comme de chemise. Je ne savais plus sur quel pied danser. « Je vais consulter ce psy. Une femme me comprendrait peut-être. Enfin, j'espère… » C'est alors que ce jour-là, j'appelai cette Mme Brunier pour prendre un rendez-vous au plus tôt. Elle me reçut rapidement et quelques jours plus tard, je me trouvai en bas de son immeuble très chic (le style parisien typique avec colonnes et moulures dont l'ascenseur ne pouvait contenir qu'à peine deux personnes de corpulence plutôt fine). Il s'avérait que cette psychologue était cotée, les avis positifs étant nombreux sur Google. Arrivant devant la porte du cabinet, je sonnai, ouvris la porte et pris la direction de la salle d'attente, ne balayant ni la salle ni quiconque du regard. Un bonjour furtif d'une voix blanche, les patients me répondant en échos, sous fond de musique lounge, j'attendais mon tour, crispée, angoissée « Que va-t-elle me dire au juste ? Peut-être que je suis malade ? Qu'elle va me guérir, moi et cette âme empreinte de souffrance ? ». Après une longue attente, ce fut mon tour. J'entrai dans la pièce et m'installai, plutôt tendue. Celle-ci s'en aperçut, mais ne dit pas un mot. Assise à son bureau, elle avait les yeux rivés sur son écran d'ordinateur, notant des choses et d'autres, restant très silencieuse. Cette pièce dégageait un aspect très froid qui collait au personnage. Ses cheveux noir corbeau extrêmement tirés en arrière et attachés, son regard profond et déstabilisant, son tailleur jupe bleu marine la rendant d'autant plus stricte, j'eus de grandes difficultés à m'exprimer. « Alors, dites-moi. Pourquoi êtes-vous venue me voir ? Vous m'avez l'air très fragilisée au vu de l'expression de votre visage. » Sa voix était chaude, elle inspirait une grande chaleur humaine – voilà tout le contraste entre ce qu'elle dégageait et ce qu'elle était sans doute –. Elle m'invita à tout déballer, à cracher mes douleurs, à crier mes heurts, à pleurer mon être tout entier, mais je fus vite déçue par cette femme qui m'offrait pourtant la possibilité d'être comprise. « Ne faites pas cette tête, mademoiselle. Avoir un enfant est porteur d'espoir. Cela permet de croire en l'avenir du monde. Peut-être est-ce votre jeunesse qui vous pousse à croire que vous ne voulez pas enfanter ? Je vous assure, Lola, si je puis me permettre, que votre mère a raison et que vous changerez d'avis. Vous deviendrez une femme accomplie ce jour venu. Ne vous mettez pas en tête que vous ne souhaitez pas d'enfant. Pour moi, c'est le contraire. Vous n'avez qu'une simple appréhension de la maternité. Achetez des magazines sur le sujet. Vous verrez, ça vous ouvrira les yeux sur votre envie profonde et inconsciente d'enfanter. Pour être franche avec vous et sans vouloir vous dévoiler ma vie personnelle, je ne pourrais imaginer ma vie sans mes filles. Une vie sans enfant est un dessin sans couleur, le savez-vous ? » Je sortis du rendez-vous avec cette mégère à la vieille peau acnéique très rapidement. Malheureusement pour moi, je me fis lobotomiser. Suite à cet entretien, l'envie viscérale de devenir mère semblait naître en moi. Je n'en parlai à personne, mais j'achetai ces fameux magazines et me renseignai à outrance sur le sujet. Dans la rue, les femmes au ventre bien arrondi me donnaient l'impression d'une belle sérénité avec un arrière-goût de nausée dont je fis fi. Mon nez dans les magazines, je les feuilletai avec un regard vide, me laissant prendre à mon propre piège en « m'extasiant » sur des photos de bébés en tout genre et même en regardant de longues émissions sur les maternités « Whaou ! J'adore ! (… Tu parles ouais !) ». En tout et pour tout, je me mentais à moi-même. C'est triste. Ça me fait souffrir, oui, SOUFFRIR rien qu'en racontant ce passage de ma vie. Suite à tout cela, j'ai eu la nette impression que ma mère avait fouillé dans mes affaires. Un beau jour, j'ai trouvé les magazines rangés autrement que d'habitude. Je compris tout de suite qu'elle se mit à rêver. La voyant tout sourire depuis deux jours, je me fis la réflexion qu'elle se voyait déjà grand-mère, un statut qui nourrit ses fantasmes depuis toujours. Je le sais, elle adore les enfants et mon corps de nourrisson lui manque amèrement. Elle me le répétait souvent lorsque j'étais adolescente. Force est de constater que le pire arriva sans crier gare.

« J'ai envie de vomir. » Je régurgitais aux toilettes tout mon déjeuner pris avec voracité quelques minutes avant. À table avec mes parents, je m'étais prise à manger comme un ogre. Je sautai sur tous les plats aussi riches les uns que les autres, des plats typiques d'Argentine dont la viande de bœuf était tendre et moelleuse à souhait, de même que les desserts qu'étaient les semoules au lait, les glaces au coco ou à la vanille, les mousses au chocolat. Ma mère avait préparé une tonne de nourriture, sans que je sache vraiment pourquoi. J'avais déjà ma petite idée : ma mère m'imaginant enceinte, ayant tous les symptômes d'une femme en début de grossesse. J'étais nauséeuse, j'avais faim tout le temps, je souffrais de fatigue, j'avais pris deux kilos et j'étais en attente de mes règles qui ne venaient toujours pas. Pourtant, ces trois dernières semaines, je n'avais pas pris de risque inconscient : pilule et préservatif pour lesquels j'avais dû insister auprès d'Arnaud pour qu'il le mette. Au final, le préservatif lors de notre dernier rapport avait craqué, c'est vrai. Je n'avais pas pris la pilule du lendemain me disant qu'il n'avait pas vraiment eu le temps d'éjaculer. C'est le jour de ce fameux repas que tout me remonta à l'esprit. Toutes ces inattentions qui me valaient d'être certainement pleine d'un embryon qui me rendrait grosse, moche, détestable à mes yeux, belle, magnifique, splendide aux yeux d'Arnaud et de mes parents. Je paniquais. Ma mère, elle, cria haut et fort à mon père que j'étais enceinte et s'en réjouit. Mon père que je vis yeux larmoyants pour la première fois, me prit dans ses bras et me balança en pleine face un gros « Félicitations ma fille ! Tu es enceinte. Tu te rends compte ? Tu vas devenir mère. Est-ce que Arnaud le sait ? Sinon, je dis à ta mère de l'appeler. » J'hurlais dans la cuisine que n'ayant pas fait de test de grossesse, je n'étais potentiellement pas enceinte et que les magazines sur lesquels ma mère était tombée sans m'en dire un mot étaient juste une lecture innocente, rien de plus. Elle ne contredit pas les faits reprochés. Ceci les refroidit. « Fais un test de grossesse, ma Lola chérie, comme ça on sera fixé. », me dit ma mère d'une voix peu assurée. Il n'empêche que j'avais la trouille. Moi, Lola Vignaud-Gòmez enceinte ? Ce n'était pas possible. Je pris en pleine face ma peur de devenir mère. Je ne voulais pas d'enfant. À ce moment précis, j'étais sûre de ce que j'avançais. Non, je n'étais pas faite pour avoir des gamins. Non, ce n'était pas pour moi. Non, tout, mais pas ça, par pitié ! Ma mère s'empressa de m'emmener à la pharmacie. Nicole, la pharmacienne, nous vit arriver en trombe. Ma mère lui raconta tout de A à Z, s'enflammant sur le sujet. « Non, maman, tu dois te tromper. Pourvu que j'aie raison, nom de Dieu ! » pensai-je en levant la tête vers le plafond et en mordant ma lèvre inférieure. Nicole me voyant quelque peu « ailleurs » m'interpella gentiment et me lança un regard complice et un sourire d'une grande largesse me faisant comprendre que j'avais toutes les chances de devenir une jeune maman et de faire un magnifique « morveux », étant donné que ma mère lui avait montré Arnaud en photo depuis qu'il était venu la première fois à la maison. Il lui avait passé une de ses photos d'identité qu'il avait en double dans son portefeuille. Heureuse, ma mère s'enjailla puissamment, ce qui était un petit peu disproportionné par rapport à la situation. On repartit aussi vite que nous étions venus, maman impatiente de connaître le verdict, tandis que je tremblai et suai, m'imaginant avec un ventre disproportionné, à mon goût disgracieux. À la maison, ma chère maman me poussa à faire le test de suite. Je refusais. Il fallait le faire au matin au lever. Tout ce que je savais, c'est que je voulais repousser au plus tard ce « test-pipi » pour éviter de faire LE malaise de ma vie. Maman et papa, entendant ma volonté de faire les choses en bonne et due forme, je le fis le lendemain matin. C'est dans un silence monacal et dans une certaine obscurité que je pénétrais dans les toilettes avec le test en main. Il était cinq heures du matin. Cinq minutes après (roulement de tambours)… Je… Je… Je n'étais pas enceinte. ALLÉLUIA ! Belle bénédiction. Je pus croire en Dieu à ce moment-là. Il avait écouté mes prières la veille au soir. Oui, aussi septique que je sois niveau foi et/ou religion, je m'y suis tout de suite rattachée à cause de ce petit, voire ce GROS incident. Le soulagement fut total, à tout point de vue. Je sautai doucement dans les toilettes, tentant de garder le silence, ne voulant pas réveiller mes parents et voir de si bon matin, leur mine triste qui me fendrait le cœur et le ferait cruellement saigner. Je me sentais coupable de ressentir cette joie-là, pendant que d'autres femmes en pleuraient. Je n'avais aucun problème pour enfanter d'après ma gynécologue qui savait à quoi s'en tenir avec la patiente que je suis. Cependant, je ne voulais pas que l'on applique à ma vie, au bonheur que je construisais, ce code sociétal qui (et ce que je vais dire pourrait en choquer plus d'une) me révulsait. Bien sûr, je ne détestais pas les enfants. Je me disais que le jour où Bilal deviendrait papa, le plaisir de faire de gros bisous, de belles chatouilles et de beaux sourires à son enfant ranimerait en moi de doux souvenirs d'enfance avec sa petite sœur Marwa. Ma seule volonté : qu'on me foute la paix et qu'on accepte mes choix tels qu'ils sont, que l'on soit pour ou contre. Juste ce besoin d'une tolérance envers toutes ces femmes qui ne jurent que par leur liberté et leur amour, qui veulent juste être épanouies et vivre tout simplement. Les hommes, quant à eux, n'ont jamais eu ce poids de non-désir de paternité sur le dos. C'est toujours « passé crème ». Par contre, nous les femmes, on nous tape sur les doigts ! Pour la majorité de la population (hommes et femmes compris), nous sommes des utérus sur pattes et à ces gynécologues qui nous répètent incessamment qu'au-delà de trente-cinq piges, il faut qu'on se dépêche de faire un môme, je leur dis « Merde ! Y'a pas une date de péremption inscrite sur mon cul, non, mais oh ! ». Bref, je partis me coucher comme si de rien n'était, toujours en silence. Je gardais le test en main et m'endormis en pleine extase. Je venais d'échapper à une grossesse qui désormais n'était plus et qui venait de réparer mon avenir que je pensais foutu.

10 heures. Je me levai comme tous les dimanches matin, pour aller boire mon café et déguster mon joli petit croissant venant tout droit de la boulangerie. Mon père y allait quasiment chaque matin pour nous apporter quelque chose de chaud à manger avec délectation. Oui, ce matin-là, je me délectais au fond, mais je craignais la réaction de mes parents lorsqu'ils me demanderaient d'aller faire ce test-pipi qui, déjà fait, leur apporterait une réponse négative. « Alors ma fille, bien dormi ? File faire ce test. J'ai hâte de savoir ! » Ma mère, les yeux larmoyants, me raconta le déroulement du fameux jour où elle annonça à sa propre mère sa grossesse. Elle en gardait un souvenir fort et bouleversant. Elle me dit qu'elle n'attendait que ça, que je crée dans mes entrailles la nouvelle génération Vignaud-Gòmez. « Je suis désolée, maman. J'ai fait le test ce matin et… Il est négatif. » Elle fut en larmes. Mon père qui revenait tout juste du salon avec son journal du jour entre les mains et ayant entendu la conversation attrapa ma mère par le bras et la serra fortement contre lui. Il lui lança fébrile « La prochaine fois sera la bonne, t'inquiète pas, Agustina. » Un mélange d'émotions naissait en moi : de la colère et de la tristesse. Peinée pour mes parents qui n'attendaient que ça et la colère de me dire que mon père promette à ma mère que « la prochaine fois sera la bonne ». Je ne voulais aucunement d'une prochaine fois. J'avais les tests de grossesse en horreur. Hors de ma vue ces cochonneries ! Je me levai sans même

dire un mot et partis dans ma chambre. J'y pleurai abondamment, je serrai les dents. Pourquoi toute cette pression contre moi ? Pourquoi vouloir faire des choix de vie à ma place ? Mon corps m'appartient et j'en fais ce que je veux. C'est facile à dire, mais difficile à faire comprendre à ses proches. Dire que Philippine m'avait dit que les enfants étaient « le cycle de la vie ». Je ne veux pas d'une vie tout écrite. Je me le répétais. Non, je ne veux pas, me disais-je. J'appelai Arnaud pour tout lui raconter sans aborder le délicat sujet de mon refus total de maternité. Ce dernier m'assura que dans tous les cas, nous étions jeunes et que nous avions plein de belles choses à partager avant d'y penser. Ceci retardant l'échéance, je fus soulagée, mais en même temps, je savais qu'un jour, il faudrait y faire face et que je prenais le risque que mon couple vole en éclat.

Voici que l'automne arrivait : feuillage tombant, fraîcheur s'installant, grisaille quotidienne. Nous avions chacun de nous quatre nos diplômes tant espérés en poche. C'est avec joie que l'on se retrouva, mes amis, Arnaud et moi dans un petit restaurant italien et sicilien à Paris. On se devait de fêter ça. Philippine avait eu l'occasion de rencontrer Arnaud pour la première fois quelques mois après le début de ma relation avec lui. Elle l'avait beaucoup apprécié et vice-versa. Quant à Bilal, il avait eu l'honneur de le connaître quelque temps après. Le courant était tellement bien passé entre eux deux, qu'ils m'avaient presque oubliée lors de leur conversation ce soir-là. Ils s'étaient échangé les numéros et courriels, afin de garder contact. Apparemment, ils avaient pas mal de points en commun, ce qui les avait rapprochés jusqu'alors. Il était important pour moi qu'Arnaud soit bien accepté par mes amis. Mes deux compères étaient, à mes yeux, ma seconde famille…

Nous étions arrivés au restaurant pour 19 h. 30. Bilal, toujours à l'heure et même parfois très en avance, nous attendait déjà devant l'entrée. La fraîcheur étant bien là, des frissons parcouraient tout mon corps. J'avais hâte de rentrer m'installer au chaud et de déguster de belles spécialités. Philippine arriva avec dix minutes de retard. Elle s'en excusait mille fois, agaçant Bilal, mais faisant rire Arnaud. Sana, ce soir-là, avait souhaité passer, mais heureuse détentrice de son diplôme de sage-femme, elle avait eu une longueur d'avance sur nous ; elle travaillait déjà. Son boulot ne lui permettant pas d'être parmi nous, elle fit passer le message qu'elle ferait tout pour venir y faire un saut et trinquer à nos réussites respectives.

« Ah ! Je m'en frotte les mains ! On mange quoi ce soir ? » lançait Philippine affamée.

Chacun de nous prit une spécialité différente. En entrée, Arnaud voulut découvrir pour la énième fois (c'est un spécialiste de la nourriture italienne. Grand fan, il tient ça de sa grand-mère qui y trouvait ici ses origines méditerranéennes) l'assiette de charcuterie composée de Salami, Mortadella, Bresaola et coppa. Fifi, pour sa part, prit des Bruschetta qui sont des rondelles de pain que l'on frotte avec de l'ail, sur lesquelles on met de la tomate, de la charcuterie et un filet d'huile d'olive. Je pris la même chose ! Slurp ! Bilal, quant à lui, prit une Burrata. Il s'agit d'une Mozzarella géante avec de diverses saveurs et plus de goût. Cette assiette « légère » était accompagnée de tomates cerises, de pain et d'un filet d'huile d'olive. En plat principal (c'est vrai, j'suis chiante, je vous donne tous les détails. Vous salivez hein ?), Fifi et moi avons pris des lasagnes, Arnaud une pizza riche en viande et Bilal une belle végétarienne. En dessert, ce fut tiramisu et espresso ou cappuccino pour tout le monde. C'est là que Sana débarqua. L'heureuse sage-femme arriva tout sourire, heureuse de sa journée riche en émotions. Elle s'installa près de son doudou et nous conta tout ce qu'elle avait vécu depuis trois semaines (eh oui, c'était tout frais pour elle). Je demandais un verre de limonade pour tous et nous trinquions en l'honneur de chacun et de nos perspectives d'avenir qui s'offraient à nous. Nous partîmes du restaurant le cœur chaud et je rentrais en voiture chez mes parents avec l'amour de ma vie.

Ça y est, le jour J était arrivé. Je rentrais sur le marché du travail, mais avant, je souhaitais obtenir tout comme mon chéri le voulait aussi, mon permis A ! Oui, je souhaitais faire ma jolie sur une belle cylindrée faisant poser bon nombre de regards sur ma petite personne (ça fait du bien à l'ego, hihi !). Bref, je voulais me voir sur une belle moto, cheveux au vent, veste et pantalon en cuir, le côté rock'n'roll du style me faisant délirer. C'est avec appréhension et à la fois avec joie que je me tournais vers une *auto- moto-école* pour m'y inscrire. « Oh ma fille ! Ne passe pas le permis moto. J'ai si peur pour toi. Il y a beaucoup de fous sur la route. Les motards sont les plus fragiles avec les piétons. » J'avais envie de lui dire « Maman, que ça soit en voiture, à moto, à vélo ou à pied, si je dois mourir sur la route, bah, je mourrais ! »

Je passai la porte de l'auto-école et me dirigeai vers la personne qui se trouvait face à moi, a priori celle qui accueille les futurs détenteurs de permis A, B ou autre. « Bonjour. Je viens pour m'inscrire au permis A. » À cet instant, je fus sur mon petit nuage. Je m'empressai de prendre la fiche d'inscription qu'elle me tendait avec la liste de la paperasse à donner. Je repartis le sourire aux lèvres. Arnaud et moi nous inscrivions une semaine après mon passage à l'auto-école. Quelques semaines après, nous avions tous deux notre permis A et l'immense joie de pouvoir nous voir nous offrir, grâce à nos boulots d'étudiants qui nous avais permis de bien épargner, une superbe cylindrée nommée Yamaha R1 de couleur bleue. Ah la bonne heure ! J'en fus… Whaou ! Pas de mot. C'est clair que j'allais être très souvent sur les routes pour en profiter un maximum, même sans Arnaud. Le jour de mon achat, je la montrai à mon père qui fut ému de me voir à moto. Il eut de vieux souvenirs de jeunesse de son vieux « scooter » ou plutôt cyclomoteur d'époque qu'est la P104 qui lui revinrent à l'esprit, puis de la Peugeot SX (premier scooter à carrosserie plastique). C'était chouette de voir à quel point il était touché par ce même amour que j'avais pour les deux-roues. Une vraie passion ! On partageait beaucoup à ce sujet, papa et moi. Puis, quand Arnaud est arrivé dans ma vie, les grandes discussions sur le sujet avec mon père furent plus intenses. Quel bonheur de voir cette bonne entente entre les deux hommes de ma vie ! Je n'aurais pas rêvé mieux ! Seulement, je me rappelai qu'un beau jour, un jour de pluie, un jour d'orage, je devrais annoncer à Arnaud mon absence de désir de maternité. J'avais peur, je vivais dans une insoutenable douleur…

Bon, après tout ça, il fallait s'y mettre. Je cherchai activement un tatoueur professionnel assez reconnu pour prendre de l'expérience dans le domaine, afin d'en faire mon métier. J'étais extrêmement motivée et l'amour pour le dessin cutané me prenait aux tripes. J'épluchai les numéros, les sites web et les avis, afin de m'assurer de tomber sur des perles, juste des tatoueurs de talent dont le travail était dit irréprochable par les clients. J'avais un faible pour le style Manga et les autoportraits. C'est vers un pro en la matière (des autoportraits donc) que je me tournai.

Premier appel. Un matin aux alentours de 11 heures. Personne. Deuxième appel à 14 h. 30. Toujours personne. J'insistai. Troisième appel vers 17 heures et l'homme au bout du fil me dit de but en blanc « Passe demain après-midi à partir de 13 h. 30, on va discuter un peu de tout ça. À demain. » Une voix assez grave d'un ton assuré. Une force implacable se dégageait de lui, sans même l'avoir vu. Un mastodonte se pourrait-il et je ne me trompai pas.

Après un lourd repas et un mal de ventre me forçant à filer au garde-manger (c'est une façon plus agréable, joliment narrée de parler de l'endroit sacré où l'on défèque en toute tranquillité), je m'habillais en deux temps, trois mouvements et partis de la maison après avoir fait la bise à mon père qui était de repos ce jour-là. Nous étions un mercredi.

Arrivée près du salon, je vis défiler un tas d'étudiants (rien qu'à leur tronche de déterré, on se doutait qu'ils bossaient comme des dingues sur leurs cours jusqu'à pas d'heure ou… qu'ils picolaient tous les soirs en passant leurs soirées entre potes et avec des potes de leurs potes et aussi des potes des potes de leurs potes, sans oublier une tonne de nanas dévergondées ! Pourquoi pas, je dirais ? Lol : D) qui venaient sans doute pour faire un premier tattoo peu réfléchi pour certains et d'autres qui souhaitaient graver sur leur peau un portrait d'une mère, d'une sœur, d'un animal de compagnie avec qui ils ont grandi.

— Bonjour. Je suis Lola. Je viens pour…

— Oui, je sais. Il est occupé pour l'instant avec un client. Je te laisse patienter quelques minutes. Je vais le prévenir, me dit une jeune femme brune au look vintage et aux tatouages « *girly* » très colorés.

Je vis arriver l'homme en question. Il s'agissait bien d'un mastodonte. Il devait faire près de deux mètres pour au moins cent trente kilos. Un ours quoi ! Lorsqu'il me serra la main, il me la broya littéralement. Je grimaçai, mais restai à la fois souriante. Il se présenta : Hubert Muller (il était alsacien d'origine, m'avait-il dit un peu plus tard) ou plutôt Gorillaz pour les intimes faisant à la fois référence au fait qu'il adore ce groupe-là et à l'énorme, grand et puissant animal qu'est le gorille. Oui, il l'était tout autant ! Je trouvai le surnom original et un peu drôle. Il me fit faire le tour des locaux. Dans la salle où se faisait l'accueil des clients, il y avait des vitrines dans lesquelles étaient disposées des bijoux en or, en argent et des plugs en tout genre. Une pièce non loin faisait office de salle pour piercer oreilles, lèvres ou autres. Elle était vide. La pierceuse rangeait apparemment ses ustensiles et sa salle, prête à fermer boutique. Il y avait un étage inférieur composé de trois salles pour tatouer les clients. Deux tatoueurs étaient en plein travail. L'un d'eux avait un style plutôt « sobre » par rapport à bien d'autres avec jean noir, tee-shirt blanc estampillé « Within Temptation » (groupe que j'adule) et baskets blanches Adidas Originals Superstar, ainsi que de nombreux tatouages polynésiens aux bras, plugs noirs aux deux oreilles, un bouc et des bagues à n'en pas finir. L'autre, au style mi « métaleux » mi « gothique », était tatoué jusqu'au cou et de plus derrière la nuque. Crâne quasiment rasé à blanc, il lui restait donc de la marge pour faire d'autres chantiers plus sombres les uns que les autres. La fin de journée approchait et Mr Gorillaz avait le visage habillé d'une extrême fatigue. On discuta du prix du stage, de sa durée, des heures de travail hebdomadaires, etc. Je lui présentai mon diplôme de l'école des Beaux-Arts et lui donnait les grandes lignes d'apprentissage lors de mes études de dessin. Je n'hésitai pas à faire connaître mes compétences en langues étrangères, étant donné les nombreux déplacements à faire lorsque l'on est professionnel dans le milieu (les conventions entre autres ailleurs en Europe ou à l'étranger). Au final, il me demanda de lui rapporter deux dessins aboutis, plutôt tournés vers des autoportraits et un dessin représentant un personnage de Manga pour le lendemain midi, afin a priori, d'évaluer mes compétences. Prête à me donner corps et âme dans ce stage, je rentrai et me mettais au travail durant une bonne partie de la nuit. Rien ne devait être laissé au hasard. Je devais encore et toujours m'appliquer pour montrer à ce monstre du tattoo ce que j'avais dans le ventre.

Midi, l'heure où je devais me présenter à Gorillaz. Boule au ventre et à la fois très excitée, je faisais les cent pas un peu plus loin en fumant une petite cigarette, histoire de me détendre un peu. J'avais peur de sa réaction, de son avis sur mon travail. J'y avais mis tout mon cœur. J'y avais laissé mon âme y mourir lors de cette nuit. Je transpirai, j'étouffai. La rage se levait en moi. Il fallait qu'il me confirme à tout prix que j'avais les capacités techniques pour endosser le métier d'apprentie tatoueuse. J'étais aussi intéressée par le piercing. Bon, j'en avais pas une tonne, mais j'en avais un beau au nez – un anneau –, deux à chaque oreille et un à la lèvre inférieure. Il faut le savoir, faire des piercings ou des tatouages, c'est rentrer dans l'intimité de chacun. Une histoire, une vie, un corps. Tout est foncièrement intime. Il faut être prêt parfois à partager des souvenirs douloureux, à effacer un passé que quelqu'un ne veut plus laisser graver sur sa peau.

Midi quinze. Voilà que je pénétrai dans le studio et que je fus accueillie par la même personne en cette heure de pause déjeuner. Je n'avais pas pu manger avant de partir. Mon ventre gargouillait, mais peu importe, seul le travail comptait.

Mr Gorillaz arriva de pied ferme, mais avec le sourire et le visage éclatant. On voyait bien qu'après une bonne nuit de sommeil et une matinée peut-être des plus pépères, m'étais dis-je, il était d'attaque pour travailler.

— Mr Muller, lui dis-je en lui tendant la main, craignant qu'elle soit de nouveau broyée.

— Arrête de m'appeler Monsieur, s'te plaît, ça fait vieillot. Gorillaz, c'est parfait.

Il s'installa à son bureau. De bon matin, il avait déjà bien bossé sur deux clients qui lui avaient pris une demi-matinée chacun. Il avait trois clients pour l'après-midi et n'avait pas encore mangé. Tout comme moi, ses gargouillis plus virulents que les miens étaient largement couverts par son imposante voix.

— Bon, c'est super. J'adore ce que tu fais. Y'a des petits détails à retravailler, perso, mais tu fais vraiment du bon boulot. T'es libre à partir de quand ? Comme ça, tu commences au plus vite.

Je bafouillais littéralement. Je sentis mon sang ne faire qu'un tour. C'est euphorique que je lui répondis que je pouvais venir débuter mon stage, dès le jour suivant à la première heure.

Cela faisait déjà presque deux mois que j'étais plongée dans le monde du tatouage. En tant qu'apprentie, j'observais beaucoup et posais des questions. À ce stade de mon apprentissage, j'avais hâte de me mettre à l'œuvre. Je dessinais pour les clients différentes pièces. J'écoutais leurs envies, tentais de laisser passer l'émotion ou le message qu'ils souhaitaient envoyer. Je travaillais énormément tout le long de la journée. Le studio ayant pignon sur rue.

« H.M Tatouage », je devais redoubler d'efforts pour satisfaire la clientèle de ce grand tatoueur professionnel. J'apprenais en parallèle, après demande auprès de Gorillaz, l'art de poser des piercings. La plupart du temps, c'étaient des demandes lambdas, telles que le nez ou l'arcade, les oreilles. Lucy, qui travaillait là depuis cinq ans déjà, avait vu passer des cas particuliers… Un piercing à la lèvre (non, non pas celle qui contribue à parler) avait été demandé. Moment cocasse la première fois pour Lulu, telle qu'on l'appelait. Elle avait vécu le malaise de sa vie. S'attendant à tout, mais espérant vivre une situation pareille le plus tard possible, elle était devant le fait accompli. C'est avec gêne qu'elle s'exécuta sans broncher, donnant l'impression à sa cliente que tout allait pour le mieux en affichant des sourires à n'en plus finir. Cette dernière n'était, d'après Lucy, pas du tout pudique, et lui mettait la pression pour aller au plus vite « Vous ne pouvez pas aller plus vite là ? J'ai envie de le montrer à mon copain. Il m'attend dans la voiture pour me faire quelques gentils bisous ! Il a grave le feu au cul ! »

Quand elle me conta son histoire, je ne pouvais m'empêcher d'esquisser un sourire un peu maladroit. Je sentis que ce jour-là, elle était prête à exploser et à envoyer paître cette jolie enflure. « Déjà que j'essayais de faire mon travail proprement, alors que j'étais ultra mal à l'aise, là, elle me foutait la pression pour que j'aille plus vite pour qu'elle se fasse manger la moule par un connard qui l'attend dans sa caisse, ça m'a rendue dingo ! »

Je la plaignais et me mettais à sa place. Le jour où je devrais faire face à ce genre de situation, je n'hésiterai pas à bien les envoyer se faire mettre gentiment, en toute délicatesse !

Arrivée à la fin du quatrième mois, je pouvais d'ores et déjà faire quelques petites pièces en noir et blanc et parfois colorées, sous le regard attentif de Gorillaz, le mastodonte. Je m'appliquais et apprenais du métier de plus en plus et jour après jour. Tous les soirs, après le dîner et une bonne douche bien méritée, je travaillais durant trois ou quatre heures sur des pièces à créer pour ses clients et aussi à garder au chaud pour ce fameux jour où j'ouvrirai mon salon de tatouages et de piercings.

Sixième mois et fin de l'aventure qui dessinait mon avenir, j'étais fière de moi. J'avais de solides bases et connaissances en main. Il ne me restait plus qu'à trouver un bon tatoueur qui veuille bien de moi ! Gorillaz m'offrait généreusement un contrat à durée déterminée en poses de piercings de quatre mois pour commencer dans le milieu et me donna la chance de pouvoir continuer à dessiner pour lui. Des pièces de genre mangas m'étaient exclusivement demandées. De temps en temps, je tatouais la clientèle qui ne souhaitait que de petites pièces (codes-barres, initiales, dates, etc.). C'était déjà un bon début, mais c'était tout juste le commencement d'un long parcours pour moi dans le domaine. Voilà qu'à ce stade, l'avenir me tendait les bras. Je ne pouvais que remercier mon entourage d'avoir cru en moi.

Chapitre 5

On voyageait beaucoup. Arnaud et moi avions une préférence pour l'Asie. Nous avions fait le Laos, le Vietnam, la Thaïlande et Singapour. Pour un jeune couple comme nous, faire un aussi grand tour de l'Asie était déjà assez exceptionnel. Nous nous estimions chanceux. À nos âges, les jeunes gens commençaient à peine à découvrir le monde et d'autres, faute de moyens n'avaient pas l'occasion de découvrir leur propre pays.

Une vie riche en émotions. Nos parents étaient ravis pour nous. J'avais eu l'occasion de rencontrer les parents et la sœur d'Arnaud, quelques jours après la rencontre qu'il avait eue avec les miens. J'eus la chance de faire la connaissance d'une femme merveilleuse : Geneviève Richard. Elle était d'autant plus douce que ma mère. Sa voix était caressante, apaisante. Une voix qui me berçait, me transportait. Il m'arrivait de ne plus rien suivre, de ne plus rien entendre lors de moult conversations. Mes paupières devenaient lourdes le plus souvent.

— Lola, Lola ? Ça va, ma chérie ? me disait-elle à chaque fois en s'avançant vers moi et en maintenant mon visage en coupe.

Son père quant à lui était très différent du mien. Il était plutôt jovial, démonstratif. Des « je t'aime » fusaient dans la maison. Souvent, Geneviève lui répondait en retour d'une voix chaude et cristalline « je t'aime, Roger, mon amour ! ».

La maison était à tout point de vue remplie d'amour, mais aussi de fraternité. Avec sa sœur Jessica, il partageait tout : leurs joies, leurs peines, leurs rancœurs, leurs colères. Rares étaient les disputes entre eux deux. La relation fraternelle rêvée ! C'est vrai que je ressentais parfois l'envie d'avoir un frère ou une sœur, histoire de voir ce que ça ferait d'avoir une deuxième copie du couple que forment mes parents. Cependant et je ne cesserai de le dire, c'était LEUR choix d'avoir un enfant unique. Peut-être que s'ils en avaient convenu autrement, ils auraient eu sûrement la chance d'avoir un jour des petits-enfants. Avec moi (et Arnaud ne le savait pas encore), la lignée des Vignaud-Gòmez s'arrêtait là.

Un beau jour de printemps, après une longue période de travail pour moi et pour lui, nous avions pris la direction de l'aéroport de Paris Charles-de-Gaulle (CDG), direction Tokyo à l'aéroport d'Haneda (HND), via la compagnie Air France. Cela faisait déjà quelques mois qu'il travaillait dans une grande agence parisienne spécialisée dans la création de sites web, nommée DesignWebFuture. Ce voyage allait nous faire du bien, tant à lui qu'à moi. Tout émoustillée, j'arrivais à l'enregistrement pour y déposer mes bagages. C'est avec grand stress que je cherchais mon passeport, tandis qu'Arnaud avait déjà le sien dans les mains. Au final, une fois trouvé, je soufflais enfin. Les bagages déposés, nous partîmes vers les douanes, ce passage étant obligatoire. Puis, nous avons flâné dans les magasins détaxés. J'y fis mon shopping et me pris un PETIT quelque chose à manger sur le pouce (un bon gros sandwich jambon-beurre au pain viennois !). Monsieur, lui, prit une salade diététique, histoire de faire attention à ce qu'il mangeait. Plus jeune, il avait souffert d'embonpoint. Ainsi, il s'était tourné vers une vie plus saine entre alimentation équilibrée et exercices physiques, dont les gros câlins avec moi qui font perdre des calories. « Merci, Lola, pour ces jolies calories perdues chaque matin et chaque soir, et ce, 7 jours sur 7 bien sûr ! » pouvait-il dire. J'arrivais difficilement à satiété avec chéri… Non, non, j'suis pas nymphomane, mais gourmande de lui, assoiffée, je dirais.

L'heure de monter dans notre beau Boeing arriva. Nous nous installions et nous tenions la main fortement, tout en nous regardant dans les yeux, tel un dernier voyage direction l'éternité. Au moment de l'envol, mon ventre se noua. Pourquoi ? Car mon excitation à l'idée de partir au Japon pour la première fois me faisait véritablement me sentir au 7e ciel. J'ai toujours rêvé de cet instant sans imaginer que j'allais à ce moment-là être accompagnée par l'homme de ma vie. Mon amour pour les mangas et pour le Japonais (eh oui, cette langue a sa place dans mon cœur au côté de l'Allemand), leur excentricité et la sécurité du pays, leur gentillesse et leur approche du respect à l'égard de l'autre me touchaient énormément. Il est vrai que je rêvais de vivre en Allemagne, mais le Japon m'aurait bien plu aussi ! Malheureusement pour moi, le tatouage étant mal vu là-bas, je ne pouvais me projeter dans une vie à la nipponne.

Durant notre voyage au Japon, je découvris un tas de choses. Je commence donc par vous parler de la gastronomie locale. Lors d'une promenade, nous partions en direction du quartier de Shinjuku (un des arrondissements spéciaux de Tokyo) où nous avons fait la découverte d'un petit restaurant (le « Gyozafukuho ») spécialisé dans les *gyoza*. Il s'agit de raviolis farcis à la viande ou au poisson, voire même aux légumes : un délice ! Il y avait du choix. Je tentais de m'exprimer un peu en Japonais, tout en employant quelques mots en anglais. Quoi qu'il en soit, la compréhension se faisait très bien. Nous passions un excellent moment. D'autres restaurants nous tapèrent dans l'œil, dans lesquels nous découvrîmes le poulpe accompagné de riz blanc ou un succulent dessert qui est le taiyaki. Ce gâteau en forme de poisson, fait de pâte d'haricots rouges sucrés que l'on peut garnir de crème pâtissière ou de crème au chocolat, just delicious !

Repartir à la découverte de la langue pour laquelle j'avais appris quelques notions lorsque j'étais adolescente m'émerveillait. Être baignée de l'atmosphère tokyoïte, partir à la rencontre de la population me transcendait. Mon chéri et moi étions habités de plusieurs émotions à la fois. Les rues, les gigantesques et impressionnants immeubles qui dessinent la ville, la présence de la haute-technologie, l'originalité de certains lieux, tout était fait pour vivre en avance sur le temps.

Nous restâmes une semaine dans la ville de Tokyo à profiter de choses et d'autres, à faire des connaissances qui nous permettaient de partager de bons moments avec des autochtones.

À notre retour, c'est photos numériques et vidéos à l'appui que nous revivions nos vacances. Nostalgiques, nous nous promettions de repartir au plus vite au pays du Soleil-Levant.

Concernant nos boulots respectifs, Arnaud s'épanouissait de plus en plus dans son métier de webdesigner. Il avait la possibilité de bosser un jour par semaine de chez lui en télétravail, ce qui nous permettait de manger ensemble le midi, à ma pause tous les vendredis (Ah le veinard ! Son popotin bien au chaud les jours d'hiver, pendant que je mettais le bout de mon nez dans la froideur hivernale !)

Dans sa boîte, ses heures de travail s'étendaient sur une plage horaire de huit heures trente par jour, rythme classique qui lui valait d'être comme tout le monde à la ramasse à la fin de la journée. La bringue ? Nooooon ! D'après lui, c'était un apéro un peu poussé fait de charcuterie et de whisky qui faisait partie de ses habitudes les jeudis et samedis soir. C'était son petit plaisir après une bonne semaine de services rendus à la société. Fallait bien qu'il se lâche un peu, nom de Dieu ! De mon côté, j'avais la main beaucoup beaucoup moins lourde sur l'alcool. Ayant un taux d'alcool des plus faibles, je pouvais ramener mon chéri à la maison en toute sécurité.

N'empêche qu'il vivait design, il respirait design tout comme moi avec le tatouage. Cet amour du dessin qui nous liait était indéfectible. Il adorait regarder et admirer mes croquis de personnages mangas venus tout droit de mon imagination. Parfois, je dessinais des personnages existants déjà, que je façonnais un peu à ma façon. Lui restait parfois une majeure partie de la nuit chez lui à travailler sur des projets en préconception. Il avait de l'avance et son patron adorait ça. Pendant ce temps, lorsque j'étais à ses côtés, je prenais un bouquin de style « Stephen King » ou « Mary Higgins Clark ». Grands ou moins grands auteurs, c'est dans l'ombre que je me plongeais dans des mondes fictifs aux réalités cinglantes. Lui était plongé, de son côté, dans un mutisme qui laissait planer dans la chambre un silence des plus monacaux.

Et moi ? Le monde du tatouage me plaisait « à mort », si je puis me permettre ! J'étais dans mon élément. Je vivais et respirais tattoo, comme Arnaud avec son amour pour le design. Je me levai chaque matin avec le sourire aux lèvres. Tantôt mes parents, tantôt les siens me voyaient partir le cœur léger vers des journées bien remplies et des rencontres marquantes à vie ! En voilà quelques-unes dont je me souviens : « Ma copine veut que je me fasse tatouer son prénom, mais je ne lui ai pas dit que je voulais pas, parce que si je me sépare d'elle ma prochaine meuf risque de me faire la gueule… Je préfère me faire tatouer sa date de naissance à la place. » « Mon délire, ce sont les codes-barres, je trouve ça cool ! Vu que j'aime les nouilles chinoises à bas prix, j'vais me faire tatouer le code-barre de la dernière barquette que j'ai bouffée. » « Naaaaan ! On peut se faire tatouer même si on n'est pas gothique ? » (À l'époque, il faut le savoir le tatouage était en pleine expansion et la plupart des tatoués ou des piercés étaient de style métaleux, gothique, punk ou emo !) ou plus tristement… « Tu sais, je me fais tatouer *Patoche,* car c'était mon chien, celui qui m'a vu grandir. Il était tellement malade qu'on a dû le faire euthanasier. J'ai refusé de l'accompagner jusqu'à sa mort. C'est mon père qui y est allé. Je veux une trace de lui sur ma peau, la marque de son passage sur terre jusqu'à MON dernier souffle. C'était plus qu'un animal, il faisait partie de la famille, avant même ma naissance. Je l'aimerai toujours… »

J'en ai vu de toutes sortes à cette époque. C'est pas mal ce que l'on apprend des autres parfois !

Ma petite Philippine. Depuis la fin de ses études, Fifi s'était engagée dans une association pour y donner des cours de FLE (Français Langue Étrangère). Elle avait trouvé ce poste assez rapidement et avait été embauchée à temps partiel. C'est avec cœur qu'elle accompagnait des personnes étrangères pour leur insertion en France. Elle se donnait corps et âme. Elle le vivait comme un devoir en tant que citoyenne du monde. Philippine, femme ouverte aux autres, n'hésitait pas à donner un peu plus de son temps dans l'association pour aider les personnes en difficultés à surmonter leurs méconnaissances administratives. Elle les accompagnait durant tout leur processus d'intégration jusqu'au moment où ces personnes s'envolaient de leurs propres ailes. Tout cela la faisait se sentir utile ; elle avait trouvé sa place dans la société. À côté de ça, elle avait démarré l'écriture d'un manuscrit sur le développement personnel. Son âme de coach bien-être s'exprimait à travers des lignes depuis pas mal de mois. Elle cherchait à peaufiner incessamment ses écrits et à en dégager toutes ses connaissances qui l'ont enrichie au niveau personnel, année après année. Elle partageait ses proches ou ses connaissances, les prenant en exemples pour illustrer une situation. C'est comme ça qu'on la voyait depuis toujours, heureuse de vivre ses expériences humaines. Elle songeait aussi à devenir coach bien-être à son propre compte.

Bilal. Le beau brun de Tunis évoluait dans un lycée classé ZEP, communément dit et y avait trouvé ses marques. La gestion de jeunes gens en difficulté le poussait à se donner à fond et à les encadrer pour qu'ils accèdent à leurs rêves. Pour ceux qui étaient en réelle perte de vitesse, il les poussait à avancer et à croire en eux. Pour insuffler la confiance en soi, il était le roi. Toutes les fois où j'ai cru tomber, il était là, près de moi. Il m'a toujours tendu une oreille attentive et a été présent des années durant. Cette qualité-là, il fallait qu'il en fasse quelque chose et être prof de maths dans un quartier difficile était ce qui lui ressemblait le plus. Je ne l'aurais pas vu ailleurs.

« J'vais me marier ! » Voilà que Bibi nous balança la nouvelle de but en blanc. Nous étions à une terrasse de café lors d'un timide début de printemps aux températures à la fois douces et fraîches, avec l'aveuglante lumière du soleil qui nous noyait. Commandant pour nous quatre des cafés noirs, dont deux serrés pour lui et moi, il nous l'annonça d'une façon purement détendue, ultra relax. On ne s'y attendait pas. Je vis sur le visage de Philippine la joie et la déstabilisation. Je ne lui fis pas la remarque au premier abord. Bilal était sur son petit nuage. C'était clair pour le jeune couple, ils se voulaient l'un l'autre pour la vie. Il savait que c'était elle et aucune autre depuis leur rencontre lors d'un repas de famille et d'amis de ses parents. Sa petite Tunisienne, il l'aura profondément voulue. Des bambins, ah oui, son rêve ultime ! Il nous apprit qu'ils allaient se lancer dans l'aventure juste après le mariage. Ils étaient prêts à fonder une famille. Ils approchaient tout doucement de la trentaine et « le cycle de la vie » de monsieur et madame tout-le-monde les rattrapait. À propos, ma Fifi, après ce tête-à-tête entre amis, sortit de ses gonds. Elle eut du mal à accepter que Bilal se marie. Je pensais, en fait, qu'elle avait eu le béguin pour lui durant nos années lycée, mais il n'en était rien. La vie amoureuse de ce dernier résonnait tel un écho dans l'esprit de ma proche amie d'enfance. Elle réalisait qu'elle n'avait personne dans sa vie avec qui partager ses fous rires, ses pleurs, ses colères. « Il faut vraiment que je trouve quelqu'un. Être célibataire à mon âge, ça craint, je trouve et là, je l'ai vraiment pris en pleine face. On vieillit. J'ai besoin de fonder ma famille. Moi qui espérais faire mon premier enfant à trente ans. Faut que je me bouge le cul ! » Oui, elle se devait de le bouger si elle voulait satisfaire ses envies. C'est alors qu'elle s'inscrit sur des sites de rencontres, tels que « Adopte un mec » ou « Meetic », les sites du genre par excellence. Elle ne tarda pas à faire des rencontres, plus ou moins intéressantes les unes des autres... Je vous en reparlerai un peu plus tard, car on a le mariage du brun de Tunis à fêter ! Je vous en jette un mot ?

À défaut de se marier en Tunisie (une fête allait être organisée là-bas pour rassembler la famille n'ayant pas pu venir en France, autour d'un grand repas), les mariages religieux et bien sûr civil étaient prévus à Melun. Cependant, quelques mois avant, la préparation pour la jeune mariée commençait déjà. Elle dut se couvrir de la tête aux pieds, de décembre à juillet, portant même des gants pour être la plus blanche possible pour le Jour J. Le couple avait fait la demande auprès de leurs parents pour faire un mariage traditionnel en trois jours. Ces derniers furent ravis de savoir leur progéniture perpétuer les valeurs familiales et culturelles.

Le premier jour, une femme noire vint spécialement au domicile de Sana (au statut de fiancée jusqu'alors), afin de diriger le mariage. Elle avait été envoyée à la demande des parents de celle-ci et était bien connue de son entourage. Elle avait prévenu, au préalable, les proches des deux familles, dont certains voisins de la célébration du mariage.

Au petit déjeuner, il y eut un grand panel de gâteaux tunisiens (que j'adore, je vous en avais parlés) qui furent dégustés goulûment, accompagnés de thé à la menthe. J'étais aux anges ! Ah la la, moi et le sucre, c'est une grande histoire d'amour. Heureusement pour moi que je ne suis pas devenue diabétique ! Lol.

Nous étions nombreux chez les parents de Sana : une bonne trentaine. On se marchait littéralement dessus – nous étions dans un appartement de soixante-cinq mètres carrés dont le salon en faisait vingt – mais l'ambiance y était superbe, comme là-bas… J'avais déjà eu l'occasion, à plusieurs reprises, de partager comme déjà dit des repas XXL durant le ramadan ou l'Aïd el-Kebir.

L'après-midi chez le futur marié (de ce qu'il m'avait été dit) : un proche apporta près de cinq litres d'huile d'olive, des kilos de viande d'agneau et énormément de semoule. Pendant ce temps, l'un des plus âgés parmi ces messieurs, accompagné d'une douzaine d'hommes, apporta de l'argent au père de la future mariée. Quant aux femmes, elles offraient à la jolie *laaroussa (fiancée)* du jour, des produits de beauté, du parfum, du henné, etc. pour la séance de hammam où toutes les femmes seraient réunies pour prendre soin d'elle. Le soir venu et la nuit durant, les femmes firent tout (gommage, masque à l'argile, etc.) pour que Sana ait une peau douce et éclatante, en plus d'une peau d'une réelle blancheur. Il y eut le *henna* (pose du henné et d'eau de rose sur les mains et les pieds) par la *hannena* (celle qui accompagne et prend soin de la mariée). Il fallut que le dessin soit très foncé.

Le deuxième jour, les parents de Bilal apportèrent ce qu'ils avaient acheté pour sa future vie commune avec sa douce, chez sa future belle-famille. Ils étaient accompagnés de musiciens. C'était la zumba dans tout l'immeuble… et le quartier ! Il y eut de l'argent qui fut donné par chacun pour les mariés et Bibi fut invité à mettre le henné sur le bout de son auriculaire de la main gauche. Ceci servirait le soir de la noce à confirmer la virginité de son épouse. Hommes et femmes passèrent la soirée séparément. Les messieurs seuls avec le marié d'un côté, puis de l'autre, les dames qui furent au plus près de la mariée qui, assise sur une estrade, était vêtue de rouge et d'or. Le début de soirée se passa tout en danse. En soirée, les hommes rejoignirent les femmes et tous dansèrent jusque tard.

Lors du dernier et troisième jour, dans la famille de Bibi, un couscous gigantesque fut préparé très tôt le matin et apporté chez la future mariée dans une pièce fermée. C'est alors qu'on l'emmena dans ce lieu et qu'elle découvrit ses yeux. Regardant le plat, elle prit le plus gros morceau de viande et le mangea. Le repas fut ensuite distribué à tous. J'avoue qu'au bout de trois jours de fête, je pouvais être ramassé à la petite cuillère, mais vivre une expérience comme ça était sans égal. Il fallait le vivre.

Le passage à la mairie fut émouvant : le mariage religieux ayant été fait en amont et en petit comité (je n'y avais pas assisté), le couple dégageait énormément d'amour au vu des regards qu'ils posaient l'un sur l'autre. De multiples émotions les enveloppèrent à cet instant. Ce jour-là, devant Monsieur le Maire, ils furent applaudis, après que Bilal eut déposé un baiser sur le front de sa bien-aimée. Les youyous fusaient, puis tout le monde se rendit à la salle. On dansait, on parlait, on échangeait. Fifi fut à la fois heureuse et de nouveau déstabilisée. Le voir se marier, c'était se rendre compte de son statut de femme célibataire. Un statut qui ne lui plaisait guère. Elle avait fait différentes rencontres depuis quelques semaines, mais aucun de ces hommes ne rentrait finalement dans ses critères. L'un était geek (encore un… Pffff…), ce qui ne pouvait que lui rappeler son ex-petit ami vivant volontairement de ses jolies aides sociales et qui fumait des joints à longueur de journée. Si si ! Je ne comprends pas du tout, à ce jour, comment elle a pu coucher avec un type pareil et en tomber amoureuse. Bref… Il y a eu aussi tout le contraire. Un homme très sérieux ou trop sérieux qui lui balança d'emblée ce qu'il attendait d'une femme dans la relation : se marier avant d'avoir des enfants, en avoir trois (minimum), qu'elle reste au foyer pour s'occuper des bambins, ce qui lui aurait été préférable, car monsieur voyait les choses comme son père qui fut son modèle. Le machisme était donc de pair. Le petit troisième manquait cruellement de personnalité. Un tantinet un peu trop doux, un tantinet un peu trop mou, il ne valait pas le coup. Il ne savait pas s'affirmer et avouait qu'il ne savait pas dire non à quiconque. Avec de telles rencontres, elle ne pouvait que se faire la réflexion que trouver « le bon » était comme chercher une aiguille dans une botte de foin. C'est vrai, il y en a qui se heurtent à un mur lorsqu'ils veulent trouver l'amour. Je lui fis comprendre qu'il ne fallait pas qu'elle se décourage. Je lui préconisai d'abandonner ses recherches et de laisser venir les choses. Installée seule dans son petit cocon, elle attendait le prince charmant avec impatience. Poser sa tête sur une tendre épaule, entendre une voix masculine faire écho en son être lui décrivant l'amour avec passion, c'est ce dont elle rêvait plus que tout. Je compris son désarroi. « Ne cherche plus, ça viendra tout seul. L'amour viendra cogner à ta porte lorsque tu t'y attendras le moins. Je te l'assure, fais-moi confiance, ma nénette. » Son visage s'apaisa quelque peu et on poursuivit la soirée. Elle baignait dans une bonne humeur réconfortante.

Quelques jours après le mariage (Arnaud y avait été invité tout comme moi), il m'avoua qu'une idée le travaillait depuis longtemps déjà : le fameux mariage. Eh oui, étant donné que Bibi vivait enfin sa vie d'époux, il eut la forte envie de m'épouser, mais contrairement à l'encadrement traditionnel de mon ami, mon chéri me proposa de m'installer avec lui dans un premier temps... Cette discussion eut lieu chez mes parents, alors que nous étions en train de prendre le petit-déjeuner de bon matin. Au fond, je sautai de joie, mais en même temps, mon ventre se noua. Je restai silencieuse, alors que lui n'attendait qu'une seule et unique chose : que je lui dise un gros « oui ». Me voir les yeux pétillants, mais à la fois larmoyants, l'inquiéta. Je lui dis que l'émotion était tellement grande que j'en avais la larme à l'œil. Au fond, j'étais terrorisée. Vivre avec lui était un souhait qui se réalisait enfin, mais qui dit habiter ensemble, dit se marier et donc faire un enfant. Je n'eus pas la force d'aborder le sujet avec lui et lui lançai un « oui » plein de bonheur, mais sous- couvert de craintes. Il me prit dans ses bras et son visage s'éclaira. Je lisais le bonheur indéfectible, son aspiration de toute une vie, cette attente éternelle arrivant enfin à terme. Oui, il aboutissait à ses envies, son envie. J'aboutissais aux miennes, mais derrière, le spectre de la maternité m'écrasait, m'étouffait. Comment lui dire ? Comment trouver les mots ? Quelle serait sa réaction ? Quelle serait celle de notre entourage ? De ma mère ?

Je fis fi de toutes ces questions et appréciais le moment présent. C'est un mois plus tard que nous nous installions ensemble dans la ville de Montreuil, le « petit Paris » du département de la Seine-Saint-Denis.

— Alors, tu ne veux toujours pas de gosses ? Je te promets que tu vas passer à côté de l'expérience de ta vie si t'en fais pas. Tu risques de le regretter amèrement. Tu devrais te lancer sans réfléchir, crois-moi. Perso, une vie sans enfant pour moi, impossible. C'est pour ça qu'il faut que je me trouve un doudou au plus vite. En plus, à trente-cinq ans, tes ovules commencent à se faire la malle et ceux qui restent font la gueule, donc il faut que je fasse vite. Au pire, j'vais me lancer dans l'aventure sans bonhomme si ça continue comme ça. Tu connais la chanson « elle a fait un bébé toute seule » de Goldman ? Bah, c'est ce qu'il va m'arriver si jamais je ne trouve pas l'homme de ma vie, le futur père de mes enfants. Puis… Tu sais, tu ne deviendras une femme que lorsque tu deviendras maman. Sans ça, tu…

— Ferme-la, Philippine, putain ! Tu fais chier avec tes gosses. J'en veux pas, c'est clair ou il faut que je te fasse un dessin pour que tu puisses comprendre ? Merde à la fin !

Nous commandions une pizza à emporter chez Domino's, mon pizzaiolo grande chaîne internationale préférée, qui se fait beaucoup de fric, grâce à nos estomacs assoiffés de gras. Fifi me fila un mal de crâne fracassant. Je l'invitai à rester muette jusqu'à notre retour chez elle. Je ne voulais pas lui manquer de respect. Cependant, ce fut l'inverse. À me tacler à ce sujet, alors que j'en ai rien à faire de la grossesse, de ses maux et des petits morveux, je pris mon pied jusqu'à ce qu'elle se taise.

Arrivées à bon port, nous nous mîmes à l'aise. La météo faisant des siennes, nous étions ravies de rentrer nous mettre à l'abri.

« Pourquoi tu ne veux pas d'enfants ? Je ne te comprends pas, Lola. » Je me mis dans une rage folle que je tentais de retenir tant bien que mal pour ne pas lui manquer de respect. C'est en réfléchissant un quart de seconde que je me rendis compte qui lui fallait une explication claire. Mon choix étant « hors norme » et Philippine étant mon amie proche depuis des années, je ne pouvais la laisser sans réponse. Elle devait à tout prix cerner et comprendre à sa juste mesure ma décision. Je lui expliquais ma façon de voir les choses, ma façon d'aborder la vie, que ce choix était mûri, que je ne pouvais et ne voulais être responsable de quiconque que de moi-même. J'ajoutais aussi le sentiment de liberté de soi, de son corps, de sa vie qui avait quelque chose de magique, d'excitant. Ne pas se conformer à la société où la vie de chacun est déjà tout écrite, mais la mienne allait être tout autre. Ma force était ma famille, mes amis, ma relation amoureuse avec Arnaud. Je ne voyais ma vie que comme ça, simple et pleine d'amour. Qui sont les autres pour juger ma vie ? Qui a le droit de me dire ce que je dois faire ou non de mon utérus ? Personne. Oui, personne ! Chacun est libre. Chacun voit midi à sa porte. Quels que soient les choix de Monsieur et Madame lambda, je suis en droit, comme tout le monde, de faire ma vie telle que je l'entends et ça s'arrête là !

Fifi fit un peu la tête. Une femme sans enfant pour elle sonnait comme un puzzle auquel il manquait une pièce. « Non, c'est impossible. T'es sérieuse ? Tu veux vraiment terminer vieille avec dix chats dans ta baraque ? Qui viendra te rendre visite ? Qui s'occupera de toi ? » Je lui répondis que l'on ne faisait pas d'enfant pour qu'ils s'occupent de nous en retour. Malgré le fait que l'acte d'enfanter est aussi (comme l'acte de ne pas le faire) un acte égoïste, il faut comprendre qu'un enfant n'est, en aucun cas, une personne qui restera accrochée aux basquets de ses parents jusqu'à ce que mort s'ensuive.

Qui plus est, vivre avec dix chats dans la baraque à soixante-dix ou quatre-vingts ans, ça me plaît bien ! J'adore les animaux !

— Bon OK, c'est ton choix…

— Heureusement que c'est mon choix ! Non mais oh !

S'en suivirent des rires, se transformant presque en fous rires.

J'avais réussi à me faire comprendre et c'était le principal. On passait donc à autre chose. Notre journée se déroula sans couac. On dévora notre pizza respective. J'en dégustais une aux quatre fromages (le fromage, c'est la vie, vous ne le saviez pas ?), elle une margherita ; c'est un choix très classique, mais c'est tout aussi bon (OK, pour que je vous dise ça, c'est qu'il y eut un échange de part. Je l'ai littéralement dévorée ! Hihi !). Dans l'après-midi, nous regardions un bon film américain à l'eau de rose : le genre de film préféré de Fifi où la jeune lycéenne complètement acnéique, portant de grosses lunettes et ayant un appareil dentaire (vous savez ceux de notre époque, pas les visalignes que l'on porte de nos jours, ce serait trop facile !), tombe amoureuse d'un beau mec, le petit nouveau bien bâti avec une bonne tête de mâle quelque peu en chaleur qui la transforme en bombe sexuelle. Vous devez connaître ! En fin de journée, on aborda le sujet de la nouvelle vie de notre ami Bilal. On se remémorait son mariage, la joie écrite sur son visage, le bouleversement que cela avait apporté dans sa vie. Fifi ne s'empêcha pas de remettre le sujet des enfants sur la table.

— Ah oui, Bilal en veut plusieurs, c'est vrai. J'aimerais faire comme lui.

— … Ouais… Comme tu veux, c'est ta vie !

Tout à coup, de but en blanc, elle me dit avoir peut-être trouvé « une perle rare ».

— C'est qui ? lançai-je, friande de curiosité.

— Mon coach, Gabriel… Tu sais, le réunionnais bien beau, à la peau mate, au regard de braise et sexy de la salle de sport où je vais tous les soirs. Il m'a demandé si j'étais libre demain soir. Je n'ai pas osé lui répondre, je suis partie à toutes jambes. J'ai flippé, Lola, j'ai flippé. Je sens que c'est lui l'homme de ma vie.

Dans ce cas ainsi présenté, je lui dis de foncer dans le tas sans réfléchir. Si au fond d'elle, elle savait que cet homme était le sien, celui qui la rendrait heureuse, il fallait à tout prix qu'elle le recontacte et aille au rendez-vous.

Le lendemain soir, c'est empreint de joie qu'elle me téléphona.

— On s'est embrassé. C'est lui, c'est lui, je le sais.

On aurait dit que ce jour-là Cupidon avait frappé fort !

En savoir plus. De bon matin, après avoir bu un café bien chaud, je m'installai dans le bureau à l'étage pour y faire quelques recherches Google. Grâce à ce moteur de recherches connu de tous, j'allais enfin pouvoir réellement me plonger sur des forums de discussions ou des articles de femmes étant dans la même situation que moi. Je n'avais pas encore pris la peine de le faire, non pas par flemme, mais du fait du temps que je m'étais donnée pour me conforter dans mon choix. Premier lien. On pouvait y lire en premier abord, le titre de l'article traité par le site « psychologies.com » : « J'ai choisi de ne pas avoir d'enfant », datant de septembre 2010. Cette année-là, je n'avais que vingt-trois ans et je savais déjà à cette époque que la maternité n'était pas dans mes projets.

Je parcourrais l'article. Plusieurs cas y étaient exposés : Martine Aubry, fameuse femme forte politique, qui décida par le passé de n'en avoir qu'un pour vivre pleinement sa carrière et une autre, Nicole Notat qui, à la tête de la CFDT à l'époque, choisit de ne pas enfanter. À noter aussi beaucoup plus connues du grand public : Arièle Dombasle, Liane Foly, Chimène Badi, Jennifer Aniston ou même la grande Oprah Winfrey.

Childfree – Vous devez vous poser des questions sur cette drôle d'expression pour celles qui ne parlent pas du tout anglais ou qui n'en ont jamais entendu parler. Il s'agit d'une expression anglo-saxonne non utilisée dans cet article, mais qui décrit bien le fait d'être « libre d'enfant ». J'insiste encore et insisterai toujours sur ce besoin accru de liberté. À mes yeux, ma mère a décidé de n'avoir *que* moi. C'est aussi pour se consacrer à sa carrière, ça l'arrangeait : être maman, mais pas trop. Les familles nombreuses n'ont jamais été son rêve. Elle n'était pourtant pas dépourvue de fratrie. Elle grandit avec un grand frère et une grande sœur. Elle s'entendait bien avec cette dernière, mais une distance s'est installée entre elles, le temps ayant fait ses œuvres et la vie les ayant éloignées, même géographiquement. Ma tante habite aux États-Unis et a un enfant unique, tout comme maman, un fils du nom de Jonathan. Ceci leur faisait donc un point en commun. Concernant leur frère, il a perdu la vie assez jeune, du fait d'une malformation cardiaque. Il avait aux alentours de vingt-deux ans. Ma mère et lui étaient très très proches. Il la gâtait et la défendait face à l'adversité. Sa mort l'a bien affectée. Bref, tout ça pour dire qu'on est libre de ses choix, quels qu'ils soient.

Le témoignage d'une femme nommée Pascaline, trente-deux ans et artiste-peintre de profession, attira mon attention. Son travail représente d'après mon ressenti, sa vie entière, son souffle, son sang. Elle désigne ses œuvres comme le fruit de ses entrailles qu'elle enfante les unes après les autres. Elle ne peut « se perdre ailleurs » et moi non plus. Le tatouage, c'est le dessin et qui dit dessin, dit création en fusion, travail acharné, me donner de façon exclusive, tout comme elle. Je ne pouvais rester que sur mes positions.

Nombreuses sont les associations qui existent aux USA pour ces femmes qui se veulent « libres d'enfants ». On a le droit de ne pas se rêver, arborer un gros ventre, de ne pas vouloir déformer son corps, de ne pas désirer cohabiter avec un fœtus se préparant à éclore. Toutes les fois où j'ai pu croiser une femme enceinte me troublaient : ventre énorme, être rempli d'un corps qui n'est pas le sien… Non, je ne me voyais pas le vivre. Celles qui ne se voyaient qu'à travers la maternité pour s'établir en tant que femmes, c'était leur choix. On ne les montrait et ne les montre jamais du doigt. Dès qu'un choix de vie sort de l'ordinaire, on nous assaille. Combien de fois ma pauvre maman a dû faire taire les mauvaises langues qui parlaient sur son dos de sa possible basse fertilité ou de son égoïsme de n'avoir choisi de mettre au monde qu'un seul enfant ! Je lisais le malaise sur son visage. Quand je repensais à tout ça, je me disais qu'elle serait peut-être assez compréhensive vis-à-vis de ma situation. Un jour ou l'autre, j'allais mettre le sujet sur la table. Pour elle, ce serait sans doute un vrai séisme dans sa vie, tant son envie de devenir grand-mère était grande. Seulement, son cœur de mère lui dirait que le bonheur de sa petite fille chérie serait le sien. Et mon père ? Je n'avais aucune idée de sa possible réaction. Je la redoutais étant donné la joie qu'il avait éprouvée lorsqu'il avait cru que j'étais enceinte d'Arnaud. Seul le temps me conterait la suite des évènements.

Chapitre 6

Jour J. Des cartons étaient disposés dans la pièce qui deviendrait le salon/séjour. Bien d'autres devaient encore arriver par le biais du camion de déménagement qu'Arnaud avait loué pour l'occasion. J'étais excitée comme une puce et avais hâte d'aménager l'appartement, voulant y créer un côté très cocooning. Amoureuse de décoration, je me rêvais déjà dans de multiples magasins spécialisés à chercher tout ce qui habillerait notre chez nous, à notre image. Nous avions des goûts en commun. Il aimait le blanc sous ses différentes déclinaisons, tout comme moi. Nous avions déjà choisi sur le net les meubles qui nous correspondraient. Les couleurs blanc, gris et noir s'entrecroiseraient dans la pièce principale et notre chambre serait inspirée de l'Asie.

Il s'agissait d'un petit F2 bis. Une grande chambre avec rangement intégré, une salle de bains avec douche et WC (pas marrant quand tu veux déféquer tranquillement et que ton mec veut absolument prendre sa douche au même moment. Pas très sexy la meuf sur la cuvette !), une pièce principale dans laquelle canapé, télévision et coin repas cohabiteraient, une petite cuisine équipée de teintes blanc immaculé et noir brillant, un petit coin bureau juste assez grand pour y mettre un Mac, une imprimante et un meuble pour ranger les dossiers, ainsi que la paperasse.

Le soir arrivant, nous mangions des ailes de poulet croustillantes et épicées, type fast-food (KFC pour ne pas citer l'enseigne de restauration rapide, lol), buvions des sodas bien gazeux et terminions par un dessert glacé à la vanille et au chocolat au lait, avec ajout de caramel ! Miam, slurp ! Sans avoir ouvert un seul carton, la fatigue nous écrasant, nous partîmes dans les bras de Morphée entrelacés, nous réchauffant l'un l'autre dans notre chambre froide et vide sur un matelas déposé à même le sol.

Chaque jour, nous prenions nos marques, écrivant des habitudes qui faisaient le couple que nous formions. L'histoire des chaussettes sales qui traînent n'était pas une légende en ce qui me concernait. Je me devais de prendre son linge sale et avait la malheureuse corvée de devoir mettre le tout dans le panier de la salle de bains qui était à noter CARRÉMENT accessible (Ah nan la blague ! Il ne prenait pas la peine de f… son merd… à sa place !) Je trouvais ça tellement mignon ! Trop cute ! (Non, je blague encore mesdames !) Bref, il fallait bien que je lui découvre des défauts. Lui aussi en avait trouvé chez moi (chiante et têtue). Je ne dirais pas ça, je pense plutôt que je sais ce que je veux et ce que je ne veux pas, que je sais où je vais et que lorsque je me donne un objectif, je fais tout pour l'atteindre coûte que coûte, quitte à ce que je me brûle les ailes. Il faut bien en apprendre de la vie, n'est-ce pas ? C'est en faisant des erreurs que l'on apprend d'elle.

Le matin, c'était petit déjeuner les yeux dans les yeux, douche ensemble, partage du miroir de la salle de bains en nous brossant les dents, radio nous accompagnant dont le fantastique Manu sur NRJ nous faisait tordre de rire dès le réveil.

J'aimais ces moments passés à deux, toutes ces petites choses que je découvrais chez lui, ces petits riens qui faisaient de notre quotidien un ensemble magique.

Bilal aussi était incroyablement épanoui. Lui et Sana coulaient des jours heureux. La meilleure des sages-femmes d'Île-de-France (comme je lui disais toujours, ce qui la faisait rougir à chaque fois) appréciait chaque jour sa chance de faire un métier qu'elle aime et qui lui apporte un réel équilibre. Aider à donner vie la transcendait.

Voir tous ces nouveau-nés sourirent à leur mère provoquait en elle l'envie irrésistible et urgente de faire un bébé à son tour. C'est de là que Bibi nous annonça par téléphone qu'ils attendaient le futur premier né de leur progéniture en devenir. Arnaud m'en jeta un mot régulièrement, mais je passai vite à un autre sujet, faisant en sorte de noyer le poisson. Je savais qu'un jour ou l'autre le sujet reviendrait sur la table. Il voulait à tout prix obtenir une réponse qui le satisferait, mais je repoussais l'échéance du mieux que je le pouvais. Il ne disait rien lorsqu'il se rendait compte que je ne voulais pas aborder le sujet. Pour lui, je n'étais pas prête. Malgré tout, je ne le serai jamais et ça, il ne le savait pas encore.

Plus les semaines passaient et plus le sujet « bébé » revenait. Tout d'abord, je restais évasive, puis silencieuse. Il commençait petit à petit à se poser des questions « Pourquoi tu évites le sujet comme ça ? Il faut qu'on en parle, Lola. Tu sais très bien que ce qui découle d'un couple, c'est ce fruit de leur amour qui se concrétise ainsi. Je veux juste savoir si tu es prête ou pas. Je peux te laisser du temps, tu sais ? Je ne veux pas te forcer à faire un enfant tout de suite, car c'est toi qui le porteras pendant neuf mois. Je veux juste que tu me dises quand tu sens que c'est le moment pour qu'on se lance dans l'aventure. C'est tout ce que je te demande, rien de plus. » C'était déjà trop me demander. Je me sentais étouffer. Il me parlait aussi de mariage. Qui dit mariage, dit enfant pour le commun des mortels. Je ne voulais pas m'engager sur cette voie. Non, il m'était impossible de faire un choix qui n'était pas le mien. Nous faisions l'amour sous contraceptif et préservatif depuis plusieurs mois.

Lui de son côté n'en pouvait plus et me disait qu'il ne souhaitait plus en utiliser, car le contact direct de son sexe et du mien lui donnerait beaucoup plus de plaisir. Je ne voulais rien entendre, ma peur de tomber enceinte étant ancrée en moi.

Je prenais la pilule contraceptive en continu, histoire de ne pas oublier un seul comprimé qui signerait mon arrêt de mort. La prendre seule, sans protection de son côté, me filait la « frousse ». Il y avait toujours un risque d'être enceinte. Cet infime risque, je ne voulais pas le prendre. Cela créait des disputes parfois, des tensions qui avaient du mal à s'essouffler. Petit à petit, nous faisions moins l'amour et les fois où nous nous donnions l'un à l'autre, le feu qui habituellement naissait dans nos yeux à chaque acte s'amenuisait. Ce problème sexuel nous éloigna pendant une période, ce qui ne sentait pas bon du tout pour nous. Je me décidais à voir mon amie Philippine pour partager sur ce mal qui rongeait mon couple.

— Sérieux, dis-lui la vérité, sinon ça risque de briser ton couple à tout jamais. Tu risques de tout perdre. Pourquoi tu ne mets pas cartes sur table ? Je pense qu'il sera largement compréhensif, même si ce sera dur pour lui au début. Il ferait avec, je pense, puis s'en accommoderait au fil du temps.

— Tu crois ? J'ai peur, peur de le perdre. Je sais que c'est l'homme de ma vie. Peut-être que je devrais lui faire au moins un enfant pour lui faire plaisir ?

Philippine monta sur ses gonds. Furieuse, elle me dit fermement qu'un enfant n'était pas une chose que l'on offrait comme ça, tout bêtement, qu'il fallait le désirer et l'aimer, que ceci était le choix d'un couple qui, uni, voulait fonder une famille à deux. J'acquiesçais, lui disant que j'en avais totalement conscience. Cependant, mon angoisse était telle que je préférais faire un enfant que je n'aimerais jamais, plutôt que de le perdre lui tout court. Je savais que ma réflexion n'était pas raisonnable. Je ne savais que faire et si je lui disais la vérité, qu'en penserait mes parents au final ? Se diraient-ils que je gâche mon couple, que je suis encore jeune et que l'envie de maternité naîtrait en moi ? Qu'à quarante ans, j'aurai sans doute de gros regrets ? Que je blesserai Arnaud ? J'avais peur. Je me noyais dans mes craintes. Je ressentais l'envie de m'isoler, de fuir. Rien n'était plus pareil à présent et depuis trois ou quatre jours j'étais épuisée, clouée au lit, nauséeuse et malheureuse.

— Bonjour maman.

J'étais venue lui rendre visite. Papa n'était pas là. J'en profitai pour discuter avec elle des femmes et du non-désir de maternité. Je ne me citais pas. Mon envie : connaître sa position sur le sujet.

— Dis-moi, ce n'est pas étrange ces femmes qui ne veulent pas d'enfant ? Ça sort de l'ordinaire, non ? Je ne comprends pas ce refus de vivre un instant aussi magique que d'accueillir un nouvel être qui remplirait nos vies ? Un peu louche n'empêche, hein ? Tu crois pas ?

Nous prenions un café long, bien chaud dans la cuisine, celui-ci accompagné de croissants et de pains au chocolat moelleux.

— Ta question est intéressante, ma fille… Tu sais, lorsque j'ai appris que j'étais enceinte (et Dieu sait que je t'aime), je n'ai pas été tout de suite remplie de joie. J'avais besoin de me consacrer à ma carrière dans un premier temps, avant de vivre ma vie de mère comme tu le sais. Aussi, ma relation avec ton père était très importante à mes yeux. Nous aimions voyager, sortir, partager des moments d'intimité à n'en plus finir. Je l'aimais, ma liberté. Finalement, lorsque j'ai pris conscience que j'avais cette petite vie en moi, cela m'a ouvert les yeux. J'ai vu le monde, mon monde, autrement. Bien sûr, j'ai toujours voulu être mère, mais être libre de vivre sans contrainte. Ne pas être responsable d'une vie m'était confortable à l'époque. Puis, quelques jours après la découverte de ma grossesse, j'ai enfin réalisé la chance que j'avais. Des milliers de femmes n'arrivent pas à concevoir et moi, sans m'y attendre, tu étais déjà là, dans nos vies. Il faut dire que ton père en a pleuré. Nous étions sur notre petit nuage. Un petit garçon ou une petite fille, peu importe, nous nous étions mis d'accord sur le fait d'avoir un enfant unique et nous nous y sommes tenus. Grâce à ce choix, nous pouvions concilier notre vie de parents et notre vie de couple en toute quiétude. Oui, ma fille, être mère est la plus belle chose qu'il soit, mais d'autres femmes n'y trouvent pas leur bonheur. Elles, il ne faut surtout pas les juger. Tu veux un autre café ?

Je réalisais que ma mère ne pointait pas du doigt toutes ces femmes dont je faisais désormais partie, qui ne vivaient leur vie que pour leurs amours, leurs projets, leurs envies. Je me sentis tout à coup rassurée, mais pas du tout prête à en parler. Puis, d'un instant à autre, je me sentis légèrement défaillir. Des vertiges et des nausées atroces me prenaient.

— Ça va, ma chérie ? Tu n'as pas l'air bien, mon bébé.

— Si, si, ça va t'inquiète pas. C'est juste un peu de fatigue et je crois que je tombe mal…

Je courus aussitôt dans les toilettes et y vomis ce que j'avais ingurgité. Mes vomissements furent violents. Je ne compris pas ce qu'il se passait. Puis, tout me dégoûtait, m'écœurait. Je ne pouvais plus voir de nourriture en peinture. Je m'asseyais sur le canapé du salon qui se trouvait à proximité de la cuisine. Ma mère me crut extrêmement malade et moi aussi. Maux de ventre, nausées. Je souffrais sans doute d'un trouble gastrique anodin. C'est non sans crainte que je partis à la pharmacie me chercher un petit quelque chose pour gommer mes symptômes. Arrivée devant la pharmacienne de maman, je lui décrivis mon état et celle-ci me posa des questions qui m'interrogèrent. C'est avec le sourire qu'elle se dirigea vers un rayon et me tendit un test de grossesse. Je tombais des nues.

— Ah ! En voilà une qui va avoir un tout petit à bercer dans quelques mois ! Félicitations !

Pour moi, il m'était impossible d'être tombée enceinte. Ce que j'avais effacé de ma mémoire, c'était ce fameux préservatif aussi solide, paraissait-il, qui avait craqué lors de mes derniers rapports sexuels (merde ! et rebelote !). Ils étaient peu réguliers étant donné la tension qu'il y avait entre Arnaud et moi, mais une seule et unique fois suffit pour foutre ma vie en l'air. J'en dis un mot à la pharmacienne en lui expliquant que je prenais la pilule en continu et que je n'avais jamais oublié une seule prise. Elle me demanda le nom de cette pilule en question et me dit avec gêne.

— Je crois que vous avez pris durant des mois une pilule faiblement dosée par rapport à votre âge d'où le risque d'être enceinte.

Le monde s'écroulait. J'avais un embryon qui n'allait qu'en grandissant dans mon corps. Ce truc immonde qui m'angoisse depuis des années était venu à moi. Cette chose innommable avait réussi à me mettre le grappin dessus. J'en fus malade. Je demandais à la pharmacienne ne n'en dire mot à ma mère. Sur ce coup-là, rien ne laissait présager une telle erreur de ma part. Il faut savoir que celle-ci ne venait pas de moi, mais du généraliste qui m'avait prescrit à l'époque de mes premiers rapports sexuels une pilule non adaptée que je n'avais jamais changée jusqu'alors. Voilà où une erreur peut vous mener. Je ressentais cette impression de folie, de panique, de questionnements. Le garder pour qu'Arnaud reste à mes côtés ? Pour que papa m'aime toujours malgré sa position catégorique sur ce sujet (très croyant, l'avortement était pour lui un meurtre) ? Pour donner raison aux dires de Philippine lorsque nous étions plus jeunes ? Faire comme les autres ? Je ne pouvais m'attendre à vivre une situation pareille, à craindre un destin aussi destructeur. La vie m'en voulait, peut-être Dieu et je ne savais pas pourquoi... La solution, personne ne pouvait me l'apporter. J'étais seule face à moi-même. Qui pouvait comprendre ma position par rapport à tout ça ? Il me fallait me confier.

Test positif. C'était confirmé. Mon corps abritait une vie, comme lorsque ma mère était habitée par la mienne. Tout se bousculait dans mon esprit. J'avais des vertiges dus à la peur et à cette chose qui était dans mon bas-ventre. Le fruit de l'amour entre l'homme de ma vie et moi ? J'en avais pas besoin. Mettre au monde un être qui accaparerait toute mon attention et serait un réel vampire psychique, m'épuisant jusqu'à la moelle ? Ce n'était pas pour moi. Au fond, je voulais le garder pour faire plaisir à Arnaud, pour qu'il m'aime encore et encore, que rien ne nous sépare, que tout nous rapproche. Seulement, cet embryon, ce fœtus, ce nourrisson en devenir me faisait peur. Il allait tout gâcher, oui, tout gâcher ! La colère montait en moi, m'envahissait, me rongeait. Je craignais mon avenir qui, si doux, me berçait depuis toujours... Ce fut un cauchemar éveillé. Je préférais à cet instant mourir ou être handicapée moteur, plutôt que de devenir mère. Non ! Je ne le voulais pas. La date de péremption qu'on pouvait au fil du temps voir sur mon corps, j'en étais fière. Vivre pour moi, savourer la vie, embrasser l'avenir en étant responsable que de ma propre personne, c'est comme ça que je voyais mon destin. Oui, je le voyais comme ça...

Téléphone en main, j'hésitais à la contacter. « Je l'appelle ou pas ? » me disais-je à haute voix. Puis je l'appelai.

— Allô, allô ?

Elle n'était pas disponible. Je tombais sur le répondeur.

Entendant sa voix rassurante, cela m'apaisa. Elle avait le don pour s'occuper des femmes et de leurs corps en souffrance, peu importe si c'était un évènement attendu ou douloureux. Une demi-heure plus tard, je réitérai mon appel.

— Allô ? C'est qui ?

— Allô Sana, c'est moi, Lola. J'ai besoin de te parler.

Oui, j'avais pris la décision de la contacter, elle et pas une autre. C'était une femme qui ne jugeait pas les femmes, elle les accompagnait seulement. Elle était sage-femme auprès de celles qui donnaient la vie, mais ne critiquait pas les femmes qui avortaient. Il y a de multiples raisons d'avorter : une grossesse qui tombe mal pour raisons financières et/ou matérielles, un viol, un acte sexuel ayant été vécu avec un homme de passage dans sa vie, une envie tout comme moi d'être femme sans avoir à devenir mère pour autant. Plein de raisons qui poussent ces femmes à se tourner vers des centres d'orthogénie ou des cabinets de sages-femmes exerçant en libéral. Il y avait deux manières d'expulser cette chose hors de moi : la méthode chirurgicale qui est à tout point de vue traumatisante et la méthode médicamenteuse. Plus souple, plus facile à vivre. Je me voyais quelque part comme une meurtrière, une femme qui ne mérite pas d'être heureuse, car elle tue un poupon en devenir, ce petit bout qui apporte tant de joie à tant de femmes. Dans ma vie, ce serait le malheur qu'il apporterait. Je préférais décidément perdre Arnaud que d'élever un enfant que je ne pourrais aimer et qui en souffrirait toute sa vie.

Sana me donna les coordonnées d'une de ses collègues qui travaillait en libéral depuis peu. Apparemment, cette sage-femme voulait entourer les femmes avec douceur dans ce processus d'IVG, difficile à vivre et pour diverses raisons. Je la remerciais.

— Tiens-moi au courant, Lola. J'espère que ça ira pour toi. Je n'en parlerai pas à Bilal. Tu lui en parleras comme à Philippine, quand tu te sentiras prête. À bientôt.

La question ne se posait plus. J'allais vivre cette IVG, afin d'être délivrée de ce lourd poids qui me pesait. Je décidais de ne rien dire à Arnaud. Je voulais préserver mon couple, vivre ce moment seule, juste avec le corps médical et Sana à qui je pouvais me confier.

Elle allait donner très bientôt la vie. Elle était à huit mois et demi de grossesse. Ma situation avait tellement pris le dessus lors de notre conversation que l'on discuta à peine de ce qu'elle vivait en tant que future mère. Je savais qu'elle ne m'en voudrait pas. Elle était du genre, comme beaucoup dans les métiers humains, à écouter, plutôt que de juger. Elle était là pour moi et c'était le principal. Je pris rapidement rendez-vous avec la sage-femme en stipulant que c'était urgent. Lors de ma sixième semaine de grossesse, je la vis. Nous étions en 2017 et la loi santé prodiguant la pratique de l'IVG médicamenteuse par les sages-femmes était à l'ordre du jour depuis janvier 2016.

Pendant toute cette période, j'affichais un sourire constant, tant dans mon travail de tatoueuse dans un salon de tatouage parisien, qu'avec mes proches. Un midi, alors que je prenais mon déjeuner sur le pouce, assise sur un banc avec une collègue, ma mère m'appela. D'emblée, elle me dit ceci « Ma Lola, tu comptais nous le dire quand ? ». Je me sentis me décomposer. Avait-elle vraiment appris mon avortement ? En avait-elle parlé à Arnaud ? Ou me croyait-elle encore enceinte ? C'est là que je sus que la pharmacienne qui avait décidément eu la langue un peu trop pendue avait balancé à ma mère que « j'étais enceinte ». Un malaise s'installa.

« Oui, j'ai fait un test de grossesse et il s'est avéré positif… »

Ma mère sauta de joie. Je l'entendis pousser de petits cris démontrant à tout point de vue sa fierté de devenir grand-mère (un rêve qui se réalisait pour elle, mais qui allait virer à la catastrophe). Je lui expliquai sans trop de brutalité ma décision d'interrompre ma grossesse, et ce, sans en dire un mot à qui que ce soit mis à part Sana, lui confiais-je. La nouvelle la bousculant quelque peu, elle fondit en larmes durant de longues minutes. « Je me disais bien que c'était trop beau pour être vrai. Je m'en doutais au fond, Lola. Arnaud qui m'appelait souvent pour me dire qu'il avait du mal à te convaincre de fonder une famille avec lui et toi qui viens frapper à ma porte et qui, comme un cheveu sur la soupe, me parle de ces femmes qui ne veulent pas d'enfant ? Pourquoi tu nous fais ça, ma chérie, pourquoi ? Un enfant, c'est ce qu'il y a de plus cher aux yeux d'une femme et toi, tu ne veux pas donner la vie ? Tu veux faire subir ta décision égoïste à Arnaud, à nous ? Je retire ce que j'ai dit. Ces femmes sont des monstres, tu es un monstre, Lola, un monstre pour ne pas vouloir donner ta vie entière à un enfant, au fruit de l'amour qui te lie à Arnaud ! Tu es un monstre, car tu as tué ce futur bébé, tu l'as tué, Lola et sans regret ! Tu devrais être couverte de honte. » Je me mis à pleurer à mon tour. Je me sentis incomprise et avais cette sale impression d'être véritablement ce monstre que me décrivait ma mère. Je n'étais pas comme toutes ces femmes que l'on voit landau en main. J'étais à part, paria de la société. Je me détestais, je voulais en finir. À quoi bon me battre pour être un tantinet heureuse si, pour les autres, je ne méritais pas le bonheur ?

« Personne ne me comprend, je vois. Je préfère m'éloigner de vous, tous autant que vous êtes ! J'avais juste besoin d'être heureuse, merde ! T'as bien fait le choix de l'enfant unique, c'est pas égoïste aussi ça de mettre au monde un gosse sans frère ni sœur qui regardera ses parents disparaître l'un après l'autre et dont il ne lui restera que ses deux mains pour pleurer ? C'est bien peut-être ça, hein ? Au moins, je ne ferai pas un orphelin en partant à mon tour de cette foutue planète ! » Ma mère s'excusa à plusieurs reprises, se sentant honteuse au vu du ton de sa voix et de ses dires. Elle tenta de me faire comprendre son envie viscérale d'être grand-mère, de pouponner encore une fois, de faire des gâteaux chaque dimanche pour son petit-enfant, de lui tricoter de petits chaussons, mais non, rien n'y faisait, je n'étais point touchée par ses paroles. La tension retomba. Chacune campait sur ses positions, mais l'amour était là, celle d'une mère à sa fille. J'étais son bébé, le fruit de ses entrailles.

« Je veux ton bonheur » me disait-elle un peu triste, un peu gênée. Avec mes mots, je lui démontrais mon amour réciproque pour elle, la colère qui n'était pas, mais la blessure profonde qu'elle avait fait naître en moi. Elle s'excusa, mais c'était trop tard. « Tu l'as dit à papa pour la grossesse ? » Elle n'avait rien dit du tout, voulant confirmation avant de « fêter ça » avec lui. « Ne lui dis rien, s'il te plaît. Je lui parlerai lorsque je serai prête », lui disais-je, gorge nouée. Elle acquiesça d'une petite voix, me souhaita bonne journée et raccrocha. La relation avec ma mère était tendue. Je me sentis perdre pied. La journée s'écoula, je ne dis rien à Arnaud, faisant bonne figure, et m'endormis étrangement comme un bébé le soir venu…

Chapitre 7

« Coucou vous deux ! Alors, c'est un garçon ou une fille ? » Nous nous étions déplacés à la maternité de la Pitié Salpétrière sur Paris dans le 13e arrondissement. Philippine avait les yeux pétillants lorsqu'elle posait son regard sur le nouveau-né. Arnaud, quant à lui, me jeta un regard complice me faisant comprendre qu'il serait temps que « l'on s'y mette ». Je me crispais sans pour autant le lui montrer, affichant un large sourire.

Il s'agissait d'un petit garçon de 3 kg 400 et de 52 centimètres. Il se prénommait Khalil. Nous lançant de nombreux rictus, il était fort calme et plein de sérénité. Sana, épuisée, avait des difficultés à le mettre au sein. Bilal l'aida maladroitement. Souriant, il était béat. À la fois avec nous et à la fois ailleurs, il oubliait parfois notre présence. « J'aimerais trop avoir un petit garçon moi aussi ! » lançait Fifi. Bilal lui dit que si ceci était dans ses projets, il fallait qu'elle trouve « le bon ». De mon côté, je pensais l'avoir trouvé, mais j'allais certainement le perdre un beau jour.

Cet enfant éveillait en moi des souvenirs d'enfance. Le fait de s'occuper d'un poupon, de veiller sur lui… Oui, j'avais retiré cette vie en moi, cet être en devenir, mais je ne le regrettais pas. Je me devais de camper sur mes positions et de ne laisser quiconque diriger ma vie. Personne n'avait le droit de me dicter mes faits et gestes. Ce corps était le mien, j'en étais la seule détentrice. J'étais libre de choisir et mes proches, s'ils tenaient à moi, devaient m'accepter telle que je suis. « Je peux le prendre dans mes bras ? » Je le regardai, amoureuse de mon enfance, amoureuse de ces senteurs de lait dans le cou de ce nourrisson. Je le rendis aussitôt, me laissant tout à coup submerger par la pression que ma mère et Arnaud faisaient peser sur mes épaules. Pour la plupart des gens, ne pas vouloir d'enfant signifie les détester. Chaque femme est différente pourtant : certaines accepteront volontiers de devenir marraine ou de s'attacher à l'enfant d'une amie, d'une sœur, d'une cousine et d'autres ne veulent pas en entendre parler. Ne surtout pas juger, car ses femmes ont aussi leur histoire. Je n'étais pas réticente à créer un lien avec le ou les enfants des autres, sauf que « liberté chérie » me faisait des appels de phares. Eh oui, je restais fidèle à moi-même !

Dix-neuf heures trente. Nous revenions de la maternité. Attablés, le silence régnait. De nos plats riches de différents parfums se dégageaient des effluves d'épices, la cuisine thaïlandaise étant notre préférée. Arnaud, lui, donnait l'air d'être ailleurs et moi, je l'observais. Je tentais de deviner ce à quoi il pensait. Mon cœur battait à vive allure. Je me préparais à encaisser de nouveau ses propos sur sa notion de couple et la fondation d'une famille, sur cette « suite logique » et cette volonté profonde que je ne partageais pas. Celui que je pensais être l'homme de ma vie remit donc le sujet sur la table ; pensant que l'enfant de Bilal avait éveillé des émotions, un désir en moi.

Ainsi, il me dit sans hésitation :

— Je pense que tu es prête. Je ne me trompe pas cette fois-ci ?

— Tu te trompes totalement. Je ne suis toujours pas prête ! Tu vas me laisser tranquille avec ça, bon sang ! criai-je avec colère.

Une dispute éclata. L'incompréhension, le flou total étaient dans l'esprit de mon cher et tendre. Cette contradiction entre le plaisir de tenir un bébé dans les bras et celui de ne pas en vouloir le perturbait. La tension montait, l'explosion était palpable.

— J'ai vu comment tu regardais cet enfant. Tu as cette envie de devenir mère, je le sais. Tu repousses seulement l'échéance, car au fond, tu as peur, Lola !

Je lui répétai fermement, à plusieurs reprises, et couvrant sa voix, que cet enfant me remémorait des souvenirs d'enfance, rien de plus, l'envie d'être mère n'étant pas intimement liée à l'affection que l'on porte pour les enfants des autres, me disais-je. Il me tint par le bras, le serrant jusqu'à l'emplir de douleurs. Regard noir, il m'inspirait une légère aversion. La colère en moi, si vive, je le claquais et le repoussais. Des mots grossiers fusèrent. N'ayant plus le choix, voyant la situation dégénérée, je pris un minimum d'affaires que je mis dans une petite valise « à la va-vite », puis je partis sans rien dire. Lui hurlait dans la cage d'escalier. Par la fenêtre, sa voix faisant écho. Cet instant était douloureux, mais me détacher de lui était nécessaire. Tout compte fait, je pris la direction du domicile de mes parents et ne le contacta plus pendant plusieurs jours. Cependant, pendant tout ce temps, je devais faire face à mon père qui, tous les jours, cherchait à comprendre ce qu'il se passait.

— Qu'est-ce que tu nous caches comme ça, Lola, pour ne pas vouloir t'ouvrir à nous ? Que s'est-il passé ?

Ces questions étaient répétées tous les jours et à plusieurs reprises. Je restais muette, ma mère n'interférant pas.

Rongée de l'intérieur, je passais mes journées calfeutrées dans ma chambre restée intacte depuis mon départ. Sur les murs, des posters s'y trouvaient toujours. On pouvait y voir des groupes, tels que « Rammstein », « Eths » « Indochine » ou « Nirvana ».

Douleur d'être incomprise, le poids d'être différente des autres. Plus jeune, je n'aurais jamais pu penser qu'un simple choix déterminerait toute ma vie, tant sur le plan affectif que personnel. Je me décidai à contacter Philippine. Cette dernière étant disponible, je l'appelai sans trop réfléchir.

« Passe chez moi demain matin, j'serai dispo. »

Arrivée de bon matin chez elle, avec un ciel dégagé et ensoleillé, cette belle matinée hivernale m'inspirait quiétude. Dehors, les températures étaient négatives. Il était 10 h. 30. Le chocolat chaud que j'avais entre les mains inscrivait en moi quelque chose de rassurant. Petite, lorsque je faisais de mauvais rêves, j'allais réveiller mon père qui profondément endormi n'hésitait pas à se lever pour me préparer cette fameuse boisson chocolatée qui me sécurisait. De retour dans ma chambre, il me bordait, m'embrassait, puis je me laissais porter par ce goût sucré encore présent sur mes lèvres. Plongée dans mes souvenirs, regard tourné vers la fenêtre et très silencieuse, je buvais ma tasse lentement, laissant chaque gorgée me réchauffer de l'intérieur.

— Je comprends sa douleur. Vouloir fonder une famille et voir en face que cet autre n'a pas les mêmes attentes, cet autre qui n'est que la femme de sa vie ? Il a mis en toi tous ses espoirs. Devenir père était l'un de ses projets de vie, mais malheureusement pour lui, s'il t'aime vraiment, il sera donc capable de renoncer à son désir de paternité. Ce n'est pas chose facile, mais s'il t'aime vraiment, il le fera, ne t'en fais pas, Lola.

Je voulais croire en ces paroles, croire en un bonheur inégalable qui m'habiterait constamment et donnerait sens à ma vie. Ai-je le droit d'être heureuse ? me disais-je.

Me voyant noyée, écrasée par mes pensées, Philippine me sortit de ma léthargie. L'épuisement était total. Mon esprit était embrouillé, j'étais bouleversée. Elle me tendit la main, que je serrai en retour. Son regard plongé dans le mien, elle me passa un message de façon non verbal « Fais-lui confiance ». Là étaient ses mots, pensais-je. Seulement, il me fallait parler à l'homme qui était résolument le seul qui me rendrait heureuse jusqu'à la fin de mes jours. Parler à cet autre qui m'avait élevée, enseigné des valeurs. La situation était telle qu'il fallait à tout prix que j'aille à leur rencontre, l'un après l'autre. J'appréhendais leur réaction. L'angoisse s'emparait de moi et me déchirait les tripes. Comment aborder le sujet ? Comment réussir à faire passer le message sans créer un véritable choc ? Je pensais y aller de but en blanc et tant pis si ça passait mal. Fifi m'encouragea. Nous étions dimanche, jour de repos par excellence. J'allais d'abord défier mon père et lui imposer mon choix.

« Toc, toc, toc ! » Je cognais énergiquement à la porte, la sonnerie ne marchant plus depuis trois jours. Les basses températures imposées par cet hiver rude me brûlaient la peau et me gerçaient les lèvres. Ma doudoune me réchauffant, mes gants de coton laissant passer le froid, j'attendais avec impatience cette confrontation qui mettrait fin à cette torture intérieure qui durait depuis trop longtemps à mon goût.

— Bonjour, papa, bonjour, maman !

— Tu étais où de si bon matin ? m'interrogeait mon père, soucieux de ne pas m'avoir vue depuis mon coucher la veille au soir.

Je le rassurai, lui disant que j'étais allée voir Philippine. Me voyant inquiète, il m'invita à m'asseoir auprès de lui dans le salon. Installés sur le canapé, il attendait impatiemment que je me dévoile. Ses tics lui revenaient : gratter sa nuque, faire craquer ses doigts. Sa nervosité se ressentait. Au fond de lui, il savait que ce que j'allais lui annoncer risquait de faire l'effet d'une bombe. Tout se mélangeait dans son esprit, me disait-il. Maman était silencieuse à souhait, elle n'avait rien voulu divulguer. Après mon départ aux aurores, ma mère m'avait envoyé un SMS me l'affirmant. Papa avait, paraît-il, essayé de lui mettre la pression pour lui tirer les vers du nez. Elle ne dit rien à mon propos. Me regardant me pincer les lèvres, regard fuyant, il me fit comprendre qu'il s'impatientait. Quelque chose se tramait derrière son dos et il comprit que ce moment était capital dans nos vies à tous trois.

— Que se passe-t-il, Lola, dis-moi ? me questionna-t-il. Je ne voulais pas y aller par quatre chemins.

— S'il faut que je te le dise… *Précédé d'un court silence, je pris une inspiration et poursuivais* récemment, j'ai avorté voilà.

Il fut décomposé. Une douleur s'élevait en lui, m'avoua-t-il, la peur du péché, le dégoût face à un acte qui pour lui était d'une réelle cruauté. Il me demanda à plusieurs reprises de me répéter. Je pouvais voir ses veines apparaître au niveau de ses tempes, de son cou, de ses mains. La colère, l'aversion pour ce que j'avais osé faire. Lui, croyant depuis toujours, était contre l'avortement. Il faisait partie de ces gens qui avaient été outrés de la mise en place de la loi Veil du 17 janvier 1975. Il n'arrivait pas à croire ce qu'il entendait : sa fille était coupable d'un meurtre. Tout comme ma mère qui m'avait fait croire qu'elle n'était pas dans le jugement de l'autre, mon père qui a fortiori donnait toujours l'air d'être quelqu'un d'assez ouvert à la différence, était à tout point de vue, étroit d'esprit à cet instant.

— Je veux juste vivre ma vie comme je l'entends. Pourquoi une femme serait-elle obligée de faire des enfants ? Aucune loi oblige les femmes à mettre au monde. Je suis une personne comme une autre, mais avec ses propres choix de vie. Contrairement à la majorité des femmes, mon épanouissement ne passera pas par l'enfantement, mais par le travail, les voyages, l'amour pour mes proches. Je ne v…

— Tu oses nous dire ça, Lola ! répondit ma mère. Tu parles de l'amour pour tes proches, mais ça n'est pas de l'amour que tu as dans le cœur pour faire une chose pareille, c'est de la haine ! Supprimer une vie pour pouvoir voyager et dessiner TRANQUILLEMENT sur le corps des gens ? Tu trouves ça normal, toi ? Tu me déçois !

— Et toi, Agustina, qui ne m'as rien dit pendant tout ce temps ? Tu pensais le garder combien de temps ce petit secret avec Lola ? Tu me déçois toi aussi ! On est ses parents, on est censé tout partager sur notre enfant, notre UNIQUE enfant. Et toi, Lola, tu n'as pas honte de ton comportement ? Nous t'avons élevée dans la foi. Dieu devrait être ton seul chemin et il sera ton rédempteur si tu te soumets de nouveau à ses lois, ma fille ! Tu comprends ça ?

Ils furent virulents envers moi. J'étais victime de leur colère, de leur dégoût. Des larmes ne cessèrent de couler sur mes joues. Je me détestais, car j'avais déçu au plus haut point mes parents, car Arnaud me détesterait à son tour, parce que ce que j'avais fait était résolument affreux. Continuer à vivre ? Pour qui ? Pourquoi ? Étant hypersensible malgré mon caractère de battante, je me sentis mourir. Je souhaitais être foudroyée par un cancer, être victime d'un accident de voiture des plus violents, être dans un coma éthylique pour ne plus entendre mes parents me dire que j'avais mal agi aux yeux de Dieu. Je me levai et courus vers la sortie à toute allure.

— C'est vous qui me décevez ! Oubliez-moi.

Ma mère m'appelait en pleurant, s'agenouillant au pas de la porte et hurlant qu'elle était désolée. Je la regardai, vent glacé frappant mon visage, m'éloignant peu à peu. Mon père, quant à lui, tira ma mère par le bras brutalement en la redressant et lui cria à l'oreille.

— C'est ça que tu me cachais ? Hein ? puis claqua la porte. Tous les voisins avaient été susceptibles d'entendre ces mots.

Blessée, je repartis chez Philippine en pleurs.

Un jour, deux jours, plus d'une semaine s'était écoulée depuis que Lola et moi avions eu notre dispute. Je ne me nourrissais plus, subissais des insomnies, m'absentais de mon travail ou en partais plus tôt, y arrivais plus tard... Je n'avais pu mesurer sa colère ni pu comprendre son malaise. Il se dégageait d'elle de la souffrance. Mon besoin était d'en comprendre l'origine. Il était néfaste que cela reste sous silence.

Jusque-là, nous avions vécu un bonheur incommensurable. Nous vivions au jour le jour sans quasiment penser à l'avenir. Nos carrières respectives, nos loisirs, nos amis, nos sorties, notre belle intimité, je nageais en plein bonheur. Le jour où je lui proposais de m'épouser après notre installation ensemble (nous avions pour objectif de tester la vie à deux durant quelques mois avant de se lancer), je pus voir la joie dans son regard. Puis, au fil du temps, j'ai abordé avec elle, le fait de fonder une famille...

Jeune, aux alentours de seize ou dix-sept ans, je m'imaginais père. Oui, la plupart du temps, ce sont les jeunes femmes qui en parlent le plus, qui partagent plus facilement à ce sujet. Avec mes potes à l'époque, je n'en disais rien. Pour eux, la paternité était inexistante. C'était avec les filles que je parlais de mon envie d'être père, arrivé à l'âge adulte. Elles adoraient voir cette facette de ma personnalité dégageant pour elles une grande tendresse, de l'affection à profusion. Au lycée, j'étais le genre de mecs à attirer un tas de nanas. Je n'avais pas besoin de draguer les filles pour leur parler, c'est elles qui venaient à moi. Ce n'est pas pour autant que je me pensais « tombeur ». Je respectais les femmes telles qu'elles étaient. Leur côté mi-ange mi-démon me plaisait et c'est en ce sens que ma rencontre avec Lola m'a bouleversé. Ça a été la rencontre de ma vie. Son fort caractère, son courage, son ambition, sa gentillesse m'ont fait l'aimer. Je ne pouvais imaginer ma vie sans elle. Mon seul vœu : avoir un enfant avec celle que j'aime. Un seul et unique enfant me comblerait, celui qui souderait notre couple, qui prolongerait notre histoire d'amour. Je ne comprenais pas à quel point le fait de parler de maternité la bouleversait. Je me suis tourné vers ma mère au bout de quatre jours de retrait vis-à-vis de Lola et de ses parents. Le besoin d'être seul, de réfléchir à tête reposée était important pour moi. Ma mère et Lola s'entendant bien, je pensais qu'en tant que femme, elle pouvait m'éclairer. Peut-être que quelque part je ne voulais pas voir la vérité en face…

Je pris ma voiture et me mis en chemin. Sur la route, j'avais appelé chez mes parents pour m'assurer qu'ils étaient présents. Mon père, fou de bricolage, était parti en ville. Je pus me retrouver seul en compagnie de ma mère. J'avais des questions plein la tête et j'avais à tout prix besoin d'être éclairé.

J'arrivai et me garai devant le portail qui était ouvert, contrairement à la porte d'entrée qui était fermée. Je fis le tour, passant par le jardin et rentrai. Ma mère était assise sur son fauteuil fétiche en cuir dans la véranda offrant une vue sur le jardin. Son chignon coiffé-décoiffé de couleur grisonnant, ses rides définissant son beau visage, elle tricotait des petits chaussons bleus pour nouveau-nés. Ma sœur Marine était enceinte et attendait un petit garçon. Je pris un tabouret et m'installai auprès d'elle. Nous discutions de choses et d'autres jusqu'au moment où je me décidai à parler de Lola.

— Aide-moi à comprendre ce qu'il se passe, maman. Je l'aime cette fille, tu le sais ça ? Elle t'a appelé dernièrement ?

Ma mère Geneviève fut surprise, n'étant pas au courant de ce par quoi on passait. Ne sachant pas quoi me répondre dans un premier temps, elle me confirma dans un second temps qu'elle n'avait pas eu Lola au téléphone. Je lui expliquai les détails de notre dispute et ce qui en découlait depuis plusieurs semaines. Elle me coupa la parole d'emblée.

— C'est simple à comprendre, mon chéri. Si elle repousse l'échéance, si elle n'aime pas discuter de tout ce qui entoure la maternité, si elle s'est mise en colère au point de fuir de chez vous, c'est qu'elle a quelque chose à te dire à ce propos qu'elle n'est pas prête à divulguer.

Je pensais qu'à tout point de vue, qu'elle souffrait d'une maladie quelconque qui l'empêchait d'enfanter. L'idée qu'elle souffre d'endométriose me frôla l'esprit. Peu importe, je me devais de me battre à ses côtés. J'étais prêt à faire front, car je l'aimais. C'était viscéral.

Chapitre 8

Bonjour. C'est Lola.
Tu peux me retrouver chez Fifi demain midi. Je serai dispo et seule. À toute.

Voilà le court message que je lui envoyais, la gorge nouée. Des jours s'étaient écoulés et nous ne nous étions pas encore adressé la parole depuis notre dispute. Je ne savais pas par où commencer. Je n'arrivais pas à entrevoir comment se déroulerait l'instant où je lui annoncerai la nouvelle. Y aller de but en blanc comme pour mes parents ? Non. Il me fallait trouver les mots justes pour ne pas le bousculer. C'était un homme pourvu d'une grande sensibilité. Mes paroles devaient être sincères, mais non blessantes. Je répétais toute la matinée et à haute voix, tout ce que mon cœur renfermait de douloureux. Philippine me soutenait et m'aidait dans ma démarche.

« Sois toi-même », me disait-elle. Je ne devais pas jouer un rôle, mais être empreinte de vérité.

Je bus un café et deux, puis quatre. Je me shootais à la caféine pour me tenir éveillée. Je priais pour la première fois depuis vingt ans, ce dieu à qui mon père vouait sa vie, celui qui me châtierait après mon départ de cette terre mère. Je ne pouvais attendre l'intervention de la Providence ou d'un ange qui chuchoterait à l'oreille d'Arnaud l'amour que j'avais pour lui, l'envie de continuer à vivre avec lui, les projets qui dessineraient notre avenir commun.

11 h 30. Philippine s'en alla. Laissant le champ libre à l'expression de mes sentiments envers Arnaud, me retrouver un peu seule me

soulageait. D'un autre côté, le stress me rongeait. Me retrouver face à lui me terrorisait. Je bus encore deux, trois cafés. Je fumais par la fenêtre malgré le froid, enchaînant les cigarettes. Ça y est, il arrivait. Voyant sa voiture se garer, j'eus les mains moites et le cœur battant. Il se frotta les mains en sortant de son véhicule, puis toussa. Levant la tête, il m'aperçut. Il esquissa un sourire lumineux que je lui renvoyais sans hésitation. Je me sentis tout à coup dévastée. La peur au ventre, j'allais sûrement écrire sur son visage le regret, celui de notre rencontre, de notre installation ensemble, de notre projet de mariage en commun.

La sonnerie retentit. Il était à présent en bas de l'immeuble. J'ouvris la porte d'entrée et entendis ses pas dans l'escalier. Une dernière fois, je me mirais dans le miroir : queue de cheval renouée et mèche replacée. Je me sentis vide, tel un corps... sans vie.

— Bonjour Lola.

Posant ses yeux sur moi, il me dévisagea comme jamais, avec l'envie de me prendre dans ses bras, de me faire l'amour, de me dire « je t'aime ». Il me redécouvrit. Passant sa main le long de mon visage, il s'approcha et m'embrassa délicatement sur les lèvres. Je succombais, mais je fus rapidement rattrapée par la réalité. Une discussion claire et ferme se devait d'être. Toujours sur le pas de la porte, vêtu de son long manteau marron en daim, il passa ses doigts dans sa chevelure et entra sans plus tarder.

Je te sers quelque chose à boire ? lui proposai-je.
— Un thé vert, s'il te plaît. Merci.

Après infusion, je lui donnai la tasse qui bien brûlante ne pouvait être bue. Il avait pour habitude de boire les boissons chaudes sans les sucrer, contrairement à moi et à mon amour exclusif pour le sucre. Trois à quatre morceaux étaient plongés dans chaque boisson que j'ingurgitais. Autant dire que j'avais de la chance de ne pas avoir été sujette au diabète jusqu'alors.

— On commence par quoi ? Dis-moi, Lola ? Tu sais, je ne comprends pas comment on a pu en arriver là. Et toi, t'y comprends quelque chose à tout ça ?

Je ne savais quoi lui répondre. Déstabilisée, je fuyais son regard, restant silencieuse, visage fermé. Il tendit son bras et posa sa main sur mon épaule, la caressant. Je n'osais le regarder.

— Je t'avoue que moi aussi, je n'en sais rien. Lâche-moi, s'il te plaît.

— D'accord, d'accord. On va faire ça.

Une larme s'échappa. Surpris, il s'approcha de moi et me tint délicatement par la mâchoire.

— Pourquoi pleures-tu ? Je t'aime Lola et tu le sais. Toi aussi tu m'aimes, n'est-ce pas ? À moins que je ne me sois trompé sur toute la ligne ces dernières années. Tu m'aimes, hein ? Dis-moi que tu m'aimes, je t'en prie. J'ai besoin de l'entendre de ta bouche.

Je l'embrassais passionnément. Il s'agissait d'un long baiser de cinéma qui, avec un trop plein d'amour, me fit oublier la raison de sa venue.

— Je ne veux pas d'enfant, Arnaud, lui dis-je en le maintenant par la nuque front collé sur le sien, yeux larmoyants.

Il eut un mouvement de recul. Tombant des nues, il me répéta à plusieurs reprises qu'il savait pourquoi je ne voulais pas d'enfant. Que la seule raison de mon refus était certainement un choix dû à une souffrance : celle de vivre avec l'endométriose. Je posais mes mains sur mes oreilles pour ne pas l'entendre dire des paroles qui n'étaient pas les miennes.

— JE NE VEUX PAS D'ENFANT, C'EST TOUT, comprends-le, putain !

Il fut au pied du mur, il ne maîtrisait plus rien. La situation telle qu'elle était le rendit fou. Il se mit à faire les cent pas et à m'accuser d'égoïsme.

— Tu dois te tromper quand tu dis ça, Lola. En fait, tu n'es pas prête, c'est tout. Dis-moi que c'est juste une question de temps. Rassure-moi, s'il te plaît. Tout, mais pas ça. Ne me fais pas souffrir.

— Parce que tu crois que je ne souffre pas de mon côté ? Tu crois que c'est facile pour moi de te dire ça ? Je sais que ce n'est pas commun une femme qui ne souhaite pas devenir mère, mais c'est ainsi. Si tu m'aimes vraiment, tu m'accepteras telle que je suis. Ça ne changera rien, hormis le fait de ne pas me voir porter la vie.

Il y eut un silence, quand soudain il reprit d'une voix aigre.

— Je suis au courant, Lola.

Je ne m'y attendais pas. Je me sentis vivement bousculée. Que savait-il ? Que j'avais avorté ? Je n'y allais pas par quatre chemins. Me doutant qu'il s'agissait de mon avortement, je lui confirmai. Il s'effondra. Agenouillé, il était en larmes, répétant incessamment que cela n'était pas possible, qu'il vivait un cauchemar éveillé. Je tentai de le relever, mais il me repoussa.

— Tu es qu'une sale égoïste, Lola ! Comment as-tu pu faire ça ? Pourquoi tu nous as fait ça ? Pourquoi ? J'y crois pas. T'as osé faire arrêter de battre le cœur de notre bébé. Tu te rends compte de ça ? Non, en fait, tu t'en fous au fond. Ce qui t'intéresse, c'est le tatouage et ta petite personne. Tu devrais avoir honte. J'espère que tu ressentiras cette honte, qu'elle t'envahira, qu'elle te bouffera. J'ai plus envie de rester ici, je me casse. Je préfère être loin de toi. Tchao !

Je restais immobile au milieu de la pièce. Je ne ressentis ni tristesse ni colère, je n'étais plus. La solitude ennemie de tous m'accompagnait. Rien ne laissait présager un retournement de situation en ma faveur. J'étais la méchante, un point c'est tout. Et puis, peut-être que je devais rentrer dans les rangs et enfanter comme tout le monde pour que l'on m'aime, « Moi, Lola ». Je n'aurais pu être celle que tous ont connue. J'aurais été une autre – une femme en souffrance détestant le fruit de ses entrailles, faisant semblant d'aimer, un peu, beaucoup – non, pas du tout, la vie qui serait la sienne.

C'est deux heures après que Philippine rentra. Elle me vit allongée sur son lit, me croyant profondément endormie. Je ne réagissais plus d'après elle, je ne voulais qu'une chose avant de fermer les yeux : disparaître.

Philippine

— Agustina ! Lola a tenté de se suicider. Je suis à l'hôpital. Venez vite !

Là étaient mes mots. Ma sœur de cœur avait voulu se donner la mort à cause de l'étroitesse d'esprit de ses parents, de son homme ; ceci me rendait folle de rage. Je n'aurais pu croire qu'Arnaud allait enfoncer le clou.

— J'espère qu'elle va s'en sortir, je m'en veux, putain. Philippine, je ne voulais pas lui dire toutes ces conneries. Je regrette. Je l'aime, ma Lola. C'est la femme de ma vie, tu le sais ça ? me dit Arnaud.

J'avais envie de le croire, mais je n'en avais pas la force. Ma seule volonté : que mon amie d'enfance aille mieux. Elle était passée à deux doigts de la mort, d'après les médecins. Nous ne pouvions pas encore aller la voir. Pendant ce temps, j'attendais l'arrivée de sa mère. Quelques minutes après, c'est affolée qu'elle arriva sur place.

Agustina

J'avais peur pour ma fille, peur de la perdre. Je me sentais coupable de cette situation. J'avais caché à son père la vérité. Si je lui en avais parlé, il l'aurait peut-être mieux comprise. On en aurait discuté à tête reposée. La pression retombée chez Christian lui aurait été favorable. Et Arnaud, lui annoncer l'avortement de Lola ? C'est la goutte d'eau qui a fait déborder le vase. J'ai failli la perdre, j'ai mis mon bébé en danger. C'est de ma faute. Je m'étais retournée contre elle aux côtés de son père, alors que son non-désir de maternité n'était pas un problème pour moi. Christian était catégorique, ce qu'il allait penser de moi m'effrayait si je lui disais de laisser faire notre fille. Il n'aurait sans doute pas compris sa position et ni la mienne. Dans mon cœur, je savais que c'était une chose mûrement réfléchie chez elle. Ma fille a toujours été plus mature que les autres et se projetait facilement vers son avenir. Elle savait ce qu'elle voulait. Rien n'aurait dû entraver ses projets de vie. Elle voulait aimer, elle voulait se marier, elle voulait vivre sa liberté. Ces cachets auraient pu lui coûter la vie. Je n'espérais que son pardon...

Doucement, je me réveillais. Un mal de crâne m'assena. J'entendis les voix de Philippine, de ma mère et d'Arnaud s'entremêler, puis une sonnerie. « Christian arrive, Mme Gòmez », dit-il. Je regardai autour de moi. Tout était d'un blanc immaculé. Les différents bruits provenant du couloir amplifiaient ma douleur.

« On peut rentrer ? » dit-elle en s'adressant à quelqu'un. Je vis Philippine passer le pas de la porte. Elle arriva vers moi, visage assombri.

— T'as frôlé la mort, Lola. Tu m'as fait une peur bleue, tu sais... Ne nous fais plus jamais ça, jamais.

Elle caressa mon visage et m'embrassa sur le front.

— Je te le promets, répondis-je d'une voix frêle.

Ma mère qui se trouvait derrière elle s'approcha de moi, m'embrassant délicatement sur les mains. Elle les serra fortement contre elle, appuyant sans le vouloir sur le cathéter.

— Aïe ! Tu me fais mal, maman. Lâche-moi, s'il te plaît.

Par la suite, c'est avec les yeux larmoyants qu'elle me fixa. Sans dire un mot, immobile, bras le long du corps, je pouvais voir ses lèvres trembloter. Elle prit une grande et profonde inspiration :

— Pardon ma fille.

Elle me fit une litanie. Ses erreurs, ses inquiétudes, ses angoisses. Elle se confiait un peu trop, allant dans le tout intime, oubliant totalement la présence de Philippine.

— ... l'avais trompé. C'était juste un soir après une sortie entre collègues, ça a dérapé, c'est tout. Je ne voulais pas lui f...

Je lui demandai de se taire. Après ces paroles, ma mère quitta la pièce sans se retourner, disant à Philippine qu'elle préférait retourner chez elle et me laisser tranquille. Ce n'était pas plus mal. Arnaud rentra à son tour dans la chambre, déconfit, Philippine toujours là, en retrait. Passant sa main dans sa chevelure couleur châtain comme à son habitude, il s'installa sur le bord du lit et me dis :

— ... Je suis désolée, Lola. Je te demande aussi pardon.

— Je ne veux rien entendre de ta bouche, Arnaud, lui lançai-je, harassée. Fiche-moi la paix. Mademoiselle l'égoïste n'a pas besoin d'un homme qui la traite comme une moins que rien. Je suis assez fatiguée comme ça, ne m'épuise pas plus, laisse-moi.

Il insista pour apporter des explications à son comportement. Des larmes coulèrent le long de mon visage et du sien. Philippine se dirigea vers la sortie, donnant l'air d'être mal à l'aise, quand son téléphone sonna « ... OK, d'accord. C'est entendu. À ce soir. » Raccrochant, elle se tourna expressément vers nous et me fit part de l'inquiétude de Bilal et Sana. Ces derniers souhaitaient me rendre visite au plus vite. Je fis signe à Philippine de faire sortir Arnaud. Il se dirigea vers la porte sans discuter. Sa présence ne m'était plus supportable. J'avais été déçue et lui redonner tout mon amour, toute ma confiance serait à partir de là, le fruit d'un dur labeur.

Fin de journée. J'essayais tant bien que mal d'avaler la collation que l'on m'avait servie pour m'aider à me remettre un peu sur pied. Une vulgaire madeleine, un yaourt nature et un jus de fruits plus ou moins frais m'avaient été donnés. J'avalais machinalement. Je n'éprouvais aucun plaisir à cet instant à boire ni à manger des aliments et boissons sucrés. Je m'en étonnais presque, mais dans mon esprit, la douleur vive, qui me lancinait, dépassait la notion de plaisir qui était éteinte en moi. Lasse, je m'allongeais à nouveau. Observant ce trop-plein de vide en moi, la pièce l'était à mon sens tout autant. « Est-ce que papa va venir me voir ? » me disais-je inquiète.

« Vous avez de la visite. »

C'est une demi-heure après, me redressant un peu plus pour apercevoir s'il s'agissait de mon père que je vis entrer mon ami et son épouse, ainsi que leur nourrisson. Bouleversée, celle-ci ne pouvait cacher sa tristesse. Elle m'avait tendu la main lors d'un passage compliqué de ma vie et ne comprenait pas la dureté à laquelle j'avais dû faire face vis-à-vis de mes parents et de celui qui devait être l'homme de ma vie. Bilal n'avait pas été tenu au courant de toute cette période chaotique (il n'en voulait en aucun cas à Fifi ni à sa femme qui avait voulu le protéger de tout ça, souhaitant qu'il profite de son bonheur de jeune père). Elle avait eu raison d'agir ainsi. J'aurais sans doute fait pareil. Il me rassura et me soutint dans ma démarche d'être la femme que j'aspirai à être.

— Tu dois te battre pour avancer. Ne te laisse pas aller, ne mets pas ta vie en danger. Tu as le droit d'être heureuse, et ce, même si tu ne veux pas d'enfant. C'est un droit, pas une tare.

— J'suis pas bizarre, tu crois ?

Sana me sourit. Elle m'expliqua qu'il y avait des associations de femmes qui défendaient ce droit, que je me devais de rentrer en contact avec elles ou si je préférais l'anonymat, je pouvais me rendre sur des forums de discussions qui seraient une première réponse à apporter à cette solitude que je ressens face à ce choix « exotique ». Durant ces trois quarts d'heure de visite, je n'osais regarder leur bébé. Quelque part en moi, j'avais l'impression de voir cet enfant dont j'avais fait cesser de faire battre le cœur. Ça me rendait folle. Je me sentis cruelle, mais à la fois soulagée. Je ne laissais rien paraître. Ressentant ma fragilité, ils ne m'avaient pas proposé de le tenir dans mes bras ni de l'embrasser. Je les remerciais par de nombreux sourires, sans avoir à aborder le sujet. C'est seule que je me retrouvais après leur passage, à l'affût du moindre appel de mon père que j'aimais et craignais à la fois. Ma question : pourquoi n'était-il pas venu à mon chevet ?

« Tu as tenté de te suicider, car le Seigneur a voulu te punir, c'est tout. Tu as été coupable d'un crime, Lola. On ne doit ôter la vie d'aucun être sur cette terre. Nous sommes sa création ! C'est une chose qui devrait être inscrite en toi, tu comprends ? "Tu ne tueras point." Tu connais ce commandement ? Bien sûr que tu le connais, je te les ai fait apprendre par cœur lorsque tu avais sept ans. Ne doute pas de ton Dieu, le vrai Dieu. S'il a tenté de te faire passer au plus près de la mort, c'est pour qu'à ton tour, tu donnes la vie, ça s'arrête là. Point. »

Mon père était venu me rendre visite le lendemain en début d'après-midi. Je n'avais jamais vu mon père tenir des propos aussi pauvres. Allongée dans mon lit, je le regardai l'air ahuri. Lui ne se rendait compte de rien. Il me souriait, béat, habité par de la pure bêtise et confiant en ce qu'il pensait, disait. Je restai muette tout le long de son « speech », attendant impatiemment qu'il parte. « Si tu veux, je peux rester avec toi jusqu'à dix-neuf heures, tu ne seras pas seule et on priera ensemble ma chérie, pour ta rédemption. » Des frissons parcoururent mon corps. Je ne le reconnaissais plus, il était dans le déni total. Une infirmière arriva. Voyant mon épuisement et mon air déconfenancé, elle lui demanda expressément de partir, étant donné que j'avais eu beaucoup de visites depuis la veille. Il partit sans rechigner, tout en me disant qu'il prierait pour que mon âme termine au paradis à ma mort. J'en avais froid dans le dos. Je ne le reconnaissais pas, c'était un autre homme que j'avais devant moi.

À ma sortie définitive de l'hôpital, je séjournais cette fois-ci chez Bilal. Je me voyais proposer une chambre d'ami tout confort. Durant ces trois semaines précédant Noël, je vis Arnaud. C'est petit à petit, rendez-vous après rendez-vous qui furent étonnamment fréquents que nous apprenions de nouveau à nous apprivoiser. Autour d'un verre, au restaurant, chez Philippine, chez Bilal, nous nous aimions peu à peu comme au premier jour. La blessure psychologique ayant créé des fêlures en moi. Je pris le temps de faire le deuil de cette fameuse dispute qui aurait pu me coûter la vie. Ma mère m'appelait parfois et était venue me voir à deux reprises. Je voulais renouer tout doucement avec elle. J'avais enfin compris qu'elle n'avait rien contre mon choix. Elle acceptait en tout et pour tout ce que je faisais ou pas de mon corps.

— Tu es maîtresse de ta vie, à toi de voir ce que tu en fais. Personne et encore moins moi ou ton père n'avons le droit de te dire quoi que ce soit. Il est fragilisé par cette histoire, ne lui en veux pas. Laisse-lui le temps de s'y faire. Je crois bien qu'il tenait beaucoup plus que moi à être grand-père un jour… J'espère que tu viendras pour Noël à la maison. J'ai déjà convié tes amis et Arnaud. Ton père serait heureux de te voir enfin, après ces semaines restées toutes les deux dans le silence. Viens, s'il te plaît.

Vingt-quatre décembre. Au petit matin, soleil hivernal et ciel sans nuage faisaient de ce début de journée un moment agréable. Sous la couette, collée à lui, je lui déposais des baisers dans le cou. Mes pieds froids contre les siens, il grogna gentiment et se retourna tout à coup pour me sauter dessus et m'embrasser avec amour. Il était neuf heures. Nous étions chez nous et la vie reprenait son cours depuis peu.

— Alors ma chérie, tu viens faire les courses avec moi pour ce soir ? Je viens te chercher dans une heure.

Je m'empressais de sortir du lit et de boire ma fameuse tasse de café (je ne la quitterai pour rien au monde !). Ma mère jouissait d'un apaisement sans faille. Concernant mon père, nous ne nous étions adressé que peu la parole et uniquement par téléphone. Lui, n'avait presque rien trouvé à dire. Il ne faisait qu'acquiescer à chaque fois que je terminais une phrase. Le silence avait été maître de notre « soi-disant » discussion. C'est ma mère qui l'avait poussé à me téléphoner. Cela ne porta pas ses fruits. J'appréhendais la veillée. Je ne voulais en aucun cas passer le pire Noël de mon existence. À présent que tout était rentré dans l'ordre avec Arnaud, j'aspirai à ce qu'il n'entache pas ma relation en cours de reconstruction.

Marché de Gaillardon à Melun. C'est dans ces allées bondées que nous faisions, maman et moi, nos emplettes pour ce riche repas de Noël. Hommes et femmes, enfants et tout-petits étaient présents, afin de préparer les festivités. À la carte, ce soir-là, chez maman :

— Foie gras sur toasts à la figue,

— Huîtres fraîches et son petit jus de citron jaune, sans oublier une belle bouteille de Xérès blanc sec,

— Dinde de Noël accompagnée de pommes de terre à la suédoise et de son Côtes du Jura (AOC l'Étoile).

— Pour finir, une superbe bûche aux trois chocolats ! (Hummm sucre, sucre et sucre ! Fais attention, Lola, tu vas devenir diabétique, XD), accompagnée de Champomy – idéal pour Bilal et son épouse qui ne buvaient pas d'alcool.

Un repas typiquement français, qui en ravit plus d'un ce jour-là. Après achats, nous repartions chargées : mamoune (hey ouais, c'est le petit nom que je lui donnais plus jeune) chez elle et moi dans mon cocon avec Arnaud.

Ce midi-là, lui et moi mangions à peine. Une canette de Coca-Cola, un morceau de brie, du pain et le tour était joué. Nous avions regardé un bon film en Blu-Ray pour bien rigoler et me détendre, avant de voir mon père : Les Tuches « Le rêve américain ». Je peux vous dire familièrement parlant que nous nous étions tapé des barres ! Passer du temps avec l'homme de ma vie (cette fois-ci, plus de problèmes en vue donc je peux le dire !) était important, nos blessures en commun se cicatrisant doucement, mais sûrement. Il avait été dur pour Arnaud dans un premier temps de renoncer à la paternité. Cependant, c'est par amour qu'il le fit. Il ne regrettait rien au final et trouvait quelque chose d'excitant dans le fait d'être libre… Je n'aspire pas à vous rabâcher cette notion de liberté tout le temps, mais il est fort probable que pour vous, mesdames, qui vous reconnaissez en moi, ce mot soit symbole de vie et d'épanouissement.

Nous préparant pour aller chez mes parents, je subissais un peu de stress. Cœur s'accélérant, mains moites, corps tendu, j'allais lui faire face après trois semaines de quasi-silence. Sur la route, je ne dis plus un seul mot. Arnaud qui tentait de me changer les idées n'arrivait pas au résultat escompté. Je me mis à fumer une, deux, puis trois cigarettes aussi vite que se déplace Bip Bip l'oiseau.

— Tu m'enfumes, Lola. Je ne vois rien quand je conduis, ma parole. Allez, détends-toi, ça va aller. On va tous passer un bon moment, t'inquiète pas.

— Mouais…

J'éprouvais des difficultés à le croire. C'était plus fort que moi. J'imaginais de nombreux scénarios catastrophes. Il m'était impossible de me calmer. Je prenais moult inspirations et y appliquais des expirations pour me vider la tête et me détendre.

— Ah ! Mon bébé ! Ça va, ma chérie ?

Nous étions arrivés à bon port. Ma mère nous avait accueillis chaleureusement et Philippine était déjà arrivée. Sa famille n'avait pas voulu venir partager un moment de convivialité avec nous, car ils vivaient un deuil, celui de son grand-père mort de vieillesse à un âge avancé. Elle était très touchée par l'évènement. Sa mine triste sous couvert de bonne humeur me fendait le cœur. Nous attendions par contre Bilal, Sana et leur bébé, Jessica et son mari, ainsi que Geneviève et Roger. La table était grande et les convives allaient être à leur aise.

… Papa ? Bah, il me sauta littéralement dans les bras quelques minutes après mon arrivée. Il portait un magnifique costard bleu nuit, une chemise blanche et une cravate rayée à la fois marron et bleu nuit. Son visage était lumineux, éclatant. C'est à demi-mot et en retrait qu'il me demanda pardon pour les propos qu'il avait tenus lors de mon hospitalisation. Il me confia qu'il lui était difficile de ne pas pouvoir devenir « papy » un jour. « La vie étant ce qu'elle est » me dit-il, il lui fallut du temps pour assimiler le tout.

Lors de cette soirée, nous mangions comme jamais nous n'oserions le faire le reste de l'année. Adieu la balance, je m'en balançais ! Le miam-miam est tout ce qui comptait pour moi et la famille aussi ! J'veux pas passer pour la crevarde de service non, mais oh !

Éclats de rire, pleurs et gourmandises étaient de la partie. Le père Noël avait semé le bonheur et pour finir la soirée en beauté, *roulement de tambours,* Jessica perdit les eaux. C'est un comble de terminer mon histoire de cette façon. Elle accoucha deux heures et demie plus tard, à une heure du matin d'une petite fille nommée Milla. Joli prénom ! Arnaud était officiellement tonton et il allait la gâter, la pitchoune. Sa sœur lui avait fait part de son envie de le voir parrain. Tout compte fait, choses bien faites, il aurait les mains dans le caca… Euh… Dans les couches, je veux dire. Vive soirée, bonne ambiance, je ne regrettais pas ma venue. Papa nous avait donné sa bénédiction. Vous savez pourquoi ? Car chéri me demanda la main sur les coups de trois heures du matin, lorsque l'on était tous bien déglingués par l'alcool, la fatigue et le bien-manger. Je lui lançai un gros « Oui, mamour ». Nous festoyons encore en cette nuit tardive et finîmes, Arnaud et moi, la soirée dans ma chambre d'ado toujours dispo où je dormis heureuse à poings fermés. Comme quoi, la vie a son lot de surprises ! Et aujourd'hui, en 2019, que sommes-nous tous devenus ?

Chapitre 9

L'année 2019, nous la commencions en beauté ! Ce fut le jeudi 14 février (Eh ouais !) que nous nous mariâmes à l'hôtel de ville de Melun et que nous terminâmes cette officialisation suprême de notre relation à l'église comme l'espéraient mes chers parents. Cela ne me dérangea point, malgré ma position sur la religion, la foi. Faire un aussi beau mariage en grande pompe me plaisait beaucoup et la coutume universelle du passage à l'église était plutôt sympathique. Le thème de notre mariage ? Le rock et le métal. Exotique comme choix, comme toujours, ça me ressemble bien. Je portais une robe noire bouffante avec quelques roses blanches qui l'ornaient. La traîne était magnifique et le bouquet fait de roses blanches, mais aussi rouges tapait dans l'œil. La décoration des plus « métaleuse », la musique des plus rock'n'roll, mais aussi plus classique avec Claude François, 2be3 ou Magic System pour ne pas les nommer faisaient danser toutes les personnes réunies. J'ai pensé à tout le monde, je ne suis pas une sale égoïste… Arnaud ? Arnaaaauuuud ? J'espère que tu liras cette jolie phrase. Hihi !

Il y eut de bons petits plats confectionnés par un traiteur offert par mamoune et papou : viandes, poissons, légumes, féculents. Euuuuh… J'vais pas vous faire un cours de diététique. Il y avait de tout quoi ! Et… De superbes gâteaux, tels que le fraisier et le Mont-Blanc (spécialité antillaise faite entièrement de coco. Un peu de créolité apportait des saveurs venues d'ailleurs. J'adore voyager, qui plus est, au niveau gustatif).

Nous étions en petit comité, mais les amis d'amis furent invités, les cousins et cousines proches de mes amis et de mon chéri aussi. Du côté des Vignaud-Gòmez, ma mère retrouva sa sœur et son fils unique. Un point en commun avec ce dernier qui nous rapprocha tous les deux durant la soirée. Mon père, quant à lui, accueillit son frère et ses deux enfants dont l'un était papa d'un petit garçon. Mon oncle Bernard avait une entreprise d'ébénisterie. Il allait passer la main à son fils, qui volontiers la passerait à sa progéniture. De belles retrouvailles qui réchauffèrent les cœurs, avec encore de l'alcool, du bien-manger. Enfin, nous rentrâmes au bercail le sourire aux lèvres et la passion dans le sang (Que calor !). Je ne vous donnerai pas de détails croustillants, non, non.

Bilal et Sana continuèrent leur carrière respective. Cette dernière passait en libérale. Une autre perspective d'avenir qui la réjouissait et la réjouit jusqu'à maintenant. Bilal, quant à lui, s'investissait corps et âme dans son rôle de professeur. Il en était heureux et ne se voyait changer de métier pour rien au monde. Je le comprends : moi et le tatouage, c'est pareil !

Fifi, de son côté, publia au final son premier livre de coaching bien-être qui rencontra un franc succès. Elle entamait déjà son second ouvrage. En parallèle, elle est coach à domicile et en entreprise. C'est dans ce cadre qu'elle rencontra celui qui la rendit heureuse à ce jour, le très musclé et sportif réunionnais étant mis de côté. Avec lui, ce ne fut pas terrible. Un peu nymphomane sur les bords et trop macho, elle le laissa tomber. Grande désillusion, elle en souffrit, mais remonta vite la pente. Mikael, beau suédois de trente-quatre ans, fit sa rentrée dans la vie de ma cops. Directeur d'une entreprise de décoration intérieure, il travaille entre Paris et Stockholm. Ils se voient régulièrement et elle se voit bien partir dans ce pays lointain. Fraîchement fiancés, l'idée fait sa route. Un mariage en France est prévu pour l'hiver 2020/2021, après seulement six mois de relation. Leurs envies : vivre les choses à fond et au plus vite. Ce sont deux grands passionnés d'amour, comme j'ai pu le remarquer.

Mes parents à la retraite profitent de chaque jour, comme si celui-ci était le dernier. C'est ce qu'il faut et à tout âge. Belle philosophie de vie. Voyages, restos, week-end en amoureux, leur vie est intense. Ils nous chouchoutent aussi, le manque de petits-enfants étant comblé par nous, deux grands enfants. Ma mère se la joue mamie, via certaines associations qui mettent en relation des personnes d'un âge mûr à plus âgé avec de jeunes enfants en besoin de grands-parents. Mon père trouve ça génial et endosse bien son rôle de papy-gâteau. La seule chose importante à mes yeux est qu'ils soient heureux.

Nous concernant, j'ai pu ouvrir mon propre salon après une longue expérience professionnelle. Arnaud a monté mon site Web et a créé le design de mes cartes de visite. Originales, j'en reçois de multiples compliments. Au quotidien, je m'amuse. Ne pas aller au boulot à reculons est une chance. Je suis très heureuse dans mon couple. Mon chéri ne ressent plus vraiment de manque d'une filiation paternelle, mais a sauté sur l'occasion d'avoir un superbe chien bulldog français qu'il chouchoute à mort ! Lui aussi continue à bosser dans la même entreprise, mais projette de travailler à son compte. Belle aventure qu'il embrassera de tout son cœur.

Nous voici arrivés à la fin de mon histoire. Je vous laisse apprécier la lettre qui suit qui, pour vous, mesdames assoiffées de LIBERTÉ, prendra tout son sens. Elle apportera un appui à celles qui se sentent encore trop seules dans ce monde où des femmes empreintes de modernité décident à l'encontre de tous de ne pas avoir d'enfants…

Chapitre 10

Mes chères dames,

Je me permets de vous écrire cette lettre en connaissance de cause. Après avoir lu mon histoire, je souhaite vous apporter mon soutien en tant que femme. Ne pas vouloir d'enfant n'est pas une tare. Vouloir vivre pour soi et juste pour soi n'est pas un égoïsme pur, mais quelque chose de nécessaire, de vital dans notre cas. Avoir un enfant est aussi une marque d'égoïsme et nécessaire, indispensable pour atteindre le bonheur. Certaines le réfuteront, mais c'est une réalité. Tout ce qui est fait pour son propre bien est égoïste quelque part. Au final, ces choix, quels qu'ils soient, nous rendent heureuses.

Les femmes sans enfant ont toujours été montrées du doigt comme de réels monstres, tandis que les hommes vivant une situation similaire en étaient épargnés. Nous ne sommes pas de simples utérus, mais des êtres à part entière. À nous de vivre libres dans nos têtes et de ne pas se laisser écraser, étouffer par ces autres qui nous disent anormales. On a le droit de vivre comme tout un chacun n'est-ce pas ? Vous me direz oui et je suis d'accord avec vous.

Femmes en quête d'affirmation de soi, nous sommes des êtres assoiffés de ce que peut nous offrir la vie à travers ces multiples expériences. Notre place à toutes, nous la méritons. Nous apportons notre contribution à cette société riche et variée qui n'a, en aucun cas, le droit de nous mettre sur la sellette ou de nous exclure.

— Tu verras, tu finiras par changer d'avis.
— Tu le regretteras un jour ou l'autre.

— Tu es purement égoïste.

N'écoutez surtout pas. Ne laissez pas la culpabilité vous ronger pour les plus fragiles d'entre vous. Pour celles qui s'affirment haut et fort, continuez. Vous êtes toutes des guerrières et notre singularité se fera entendre et accepter un jour, telle que le divorce ou la formation de familles recomposées l'ont été.

N'hésitez pas à répondre aux questions de vos proches qui s'interrogent à ce propos. Il faut ouvrir les consciences, amener la population à être plus tolérante envers nous.

Je vous souhaite du courage, de l'ambition et de la force pour vos projets de vie. Je vous envoie plein d'amour !

Imprimé en Allemagne
Achevé d'imprimer en octobre 2022
Dépôt légal : octobre 2022

Pour

Le Lys Bleu Éditions
40, rue du Louvre
75001 Paris